JÖRG MAGENAU

DIE KANADISCHE NACHT

ROMAN

Klett-Cotta

Klett-Cotta
www.klett-cotta.de

Printed in Germany
Cover: ANZINGER UND RASP Kommunikation GmbH, München
unter Verwendung eines Fotos von © akg-images
Gesetzt von C.H.Beck.Media.Solutions, Nördlingen
Gedruckt und gebunden von Friedrich Pustet GmbH & Co. KG,
Regensburg
ISBN 978-3-608-98403-3

Für meine Schwestern
Bettina und Anne

Nämlich zu Haus ist der Geist
Nicht im Anfang, nicht an der Quell. Ihn zehret die Heimat.
Kolonien liebt, und tapfer Vergessen der Geist.

FRIEDRICH HÖLDERLIN

Von seinen Wahlverwandtschaften sagt er,
dass darin kein Strich enthalten, der nicht erlebt,
aber kein Strich so, wie er erlebt worden.

ECKERMANN, GESPRÄCHE MIT GOETHE

HINTER MIR LAG EIN SCHLECHTES ENDE und vor mir ein Abschied. Dazwischen nur noch die Berge. Seit einer Stunde fuhr ich meinem sterbenden Vater entgegen, auf dem Highway 1 westwärts, wo am Horizont als graublauer Streifen die Rocky Mountains zu erkennen waren, doch ich hatte nicht den Eindruck, ihnen wenigstens schon ein kleines bisschen näher gekommen zu sein. Schmutzige Schneereste lagen rechts und links der Fahrbahn, die sich sanft gehügelt durch eine braune, trostlose Prärielandschaft zog. Ab und zu ein paar Pferde auf unermesslichen Weiden. Hin und wieder geduckte Häuser mit rauchendem Schornstein oder kleine, weit verstreute Siedlungen. Kein Grün, nirgends. Der Winter hatte die Erde verwüstet, und er hatte noch lange nicht genug. Mit Schnee und Eis könnte er in diesen Höhen bis in den Mai hinein jeden Tag zurückkehren, grimmig wie eine marodierende Soldatenhorde.

Natürlich hätte mir klar sein müssen, dass mein Buch nie erscheinen wird. Man schreibt nicht ungestraft über zwei Liebende, ob tot oder lebendig, sei es eine Tragödie wie bei Romeo und Julia, ein Idealbild wie bei Hyperion und Diotima, ein Politikum wie bei John Lennon und Yoko Ono oder Hollywood wie bei Richard Burton und Liz Taylor. Auch wenn sich das irdische Leben und Lieben nicht in solchen

Götterhimmeln abspielt, findet sich eine Sehnsuchtsprise davon in jeder Geschichte. Ich war naiv genug gewesen, mich darauf einzulassen, obwohl es immer ein Gewaltakt ist, Menschen in Figuren, ihr Leben in Text und ihre Liebe in etwas so Fragwürdiges wie eine Erzählung zu verwandeln. Wer über jemanden schreibt, nimmt ihm etwas weg, nicht zuletzt seine Wahrheit. Dass meine Malerin sich dringend eine Biographie ihres Dichters wünschte, um ihn dem Vergessen zu entreißen, änderte daran nichts. Ich benutzte ihrer beider Leben als Stoff, und schon das war unredlich, verkehrt. Ich hatte mit dem Buch Schiffbruch erlitten und mit ihr, der Malerin, erst recht.

Die Zeit drängte, ich hatte mindestens sechs Stunden Fahrt vor mir und war schon jetzt so müde, wie ich es auch zu Hause mitten in der Nacht gewesen wäre. Der Flughafenzubringer in Frankfurt hatte auf dem Display »Calgary. Letzter Bus« angekündigt, als ob man vor dem Weltuntergang noch rasch die ganze Strecke stehend in diesem unförmigen Vehikel zubringen müsste, auf langer Fahrt übers Meer und den angrenzenden Kontinent. Der Flug war um 15 Uhr Ortszeit in Calgary gelandet, die Uhr war einfach stehen geblieben unterwegs, auch die Sonne hatte sich hinter den Fenstern der Maschine kaum bewegt, bis die Crew auf künstliche Nacht umschaltete und alle Scheiben schwarz anliefen. Die Übergabe des Mietwagens hatte nicht lange gedauert, nachdem ich all die Upgrade-Vorschläge des Verleihers abgelehnt hatte, der dringend zu einem Jeep mit Vierradantrieb riet, indem er nachdrücklich auf die Unberechenbarkeit der Witterung und den Zustand der Gebirgsstraßen verwies. Kurz nach 16 Uhr saß ich in einem schwarzen Golf mit landesüblichem Automatikgetriebe und fuhr aus dem Flughafengelände auf den

Highway, der mit seinem Betonband die letzten Ausläufer der Stadt, triste Wohnblocks und Reihenhäuser, vom leeren Umland abschnitt.

Ich hatte mich als Außenstehender in die Geschichte gedrängt, nur um mich jetzt, zwei Jahre später, über das finale Veto der Malerin zu wundern, nachdem sie mein fertiges Manuskript so lange mit ihren Anmerkungen, Korrekturen, Umschriften und Streichungen traktiert hat, bis nichts mehr übriggeblieben ist. *Traumsegler* sollte das Buch heißen, doch der Traum schien ausgeträumt, ich musste befürchten, dass zwei Jahre Arbeit mit Gesprächen, Lektüren, Archivbesuchen und der Zeit des Schreibens schließlich umsonst geblieben sein würden. Dabei hatte sie ein paar Wochen zuvor noch bei mir angerufen, um mir zu sagen, wie glücklich sie jetzt sei mit dem Text. Sie spüre die grundsätzliche Sympathie, mit der ich mich dem Dichter nähere. So war ich guter Dinge und umso erstaunter darüber, wie entschieden sie das Manuskript plötzlich ablehnte. Irgendetwas, das ich nicht verstand, musste in diesen Wochen bei wiederholter Lektüre in ihr vorgegangen sein, so dass sie nun glaubte, ich hätte den Dichter nieder-, ja, verächtlich machen wollen, indem ich mich ganz und gar und die Wirklichkeit verzerrend auf fragwürdige Teilaspekte fixiert hätte, auf dessen angebliche Erfolglosigkeit, seinen Alkoholismus, seine Armut und seine Vorliebe für weibliche Formen.

An ihren Randbemerkungen ließ sich ablesen, wie sie vergeblich versucht hatte, sich den Text zu eigen zu machen und ihm ihre Perspektive einzupflanzen, da sich die Bedeutungen zwangsläufig verschieben, wenn das eigene Leben mit fremden Augen betrachtet wird. Ihre Schrift zitterte geradezu vor Empörung, wenn sie an den Rand schrieb: »Herr Biograph, woher wissen Sie das?« Sie verweigerte sogar Einzelheiten die Zustimmung, die sie mir selbst berichtet hatte und worin ich fast wörtlich ihrer Erzählung gefolgt war. Jedes kleinste Detail nahm sie wichtig, doch es ging ihr ums große Ganze, um die Würde des Dichters, die zu behüten sie als ihre kostbarste Aufgabe begreift. »Gesperrt!«, schrieb sie über Passagen, die ihr besonders missfielen, sogar über Verse des Dichters, die ich zitierte, die sie aber, obwohl längst in der Werkausgabe veröffentlicht, nicht zitiert wissen wollte. In einem dieser Gedichte stand die Malerin nackt vor dem Spiegel für sich selbst Modell, malte die Brüste und den schimmernden Leib, als der Dichter sich ihr näherte, seine Jacke und seine Hose öffnete und sie miteinander schliefen. Es roch nach Melone und süßem Fisch, im Hinterhof wurden ein paar türkische Worte geschrien, doch der Akt diente zugleich der Vollendung des Gemäldes, das so aussehen sollte, wie es sich anfühlte. Liebe und Körper und Kunst wurden eins. Der Dichter beschrieb den intimsten Moment, in dem das Paar ganz bei sich ist und Obszönitäten stammelt, die niemanden etwas angehen, bis sie endlich nichts mehr sagen können als bloß »Ja!«. Und das ist das Heiligste, was sie haben. Er setzte es ins Wort und sie ins Bild.

Es waren jedoch immer die falschen Gedichte, die ich zitierte, als hätte ich sie nur ausgesucht, um zu zeigen, dass sie nichts taugen. Oder als gehe es mir dabei immer nur um Sex. Die Malerin übertrug die Obsessionen des Dichters auf mich, als wären es meine Lüste, die in seinen hymnischen Anrufungen von Brüsten und Geschlechtsteilen zum Ausdruck kamen. So war er gereinigt, indem sie mir vorwarf, ich wolle etwas Schmutziges, Zwanghaftes aus ihm machen. Dabei hatte sie ihn mir mehrfach als »sexuell unerzogen« geschildert, jedenfalls hatte ich ihre Schilderungen so gedeutet, eine Unerzogenheit, die er sich aus der Kindheit bewahrt habe, wo er alle Freiheit genossen und sich kaum jemand um ihn gekümmert habe, und ich fand gerade seine unverklemmte Direktheit attraktiv – vielleicht, weil sie mir selber fehlt, der ich »erzogen« worden bin, was bei uns zu Hause hieß, dass man über sexuelle Dinge nur raunend und hinter verschlossenen Türen sprach. Meine Mutter nahm mich dann in der Küche ins Gebet, um mir besorgt nahezulegen, dass dieses rothaarige Mädchen aus der 7b, das ich nachmittags auf der Straße traf, um es schüchtern zu küssen, nichts für mich sei.

Sicher kann man Fakten so zusammensetzen, dass aus lauter Richtigem etwas Fragwürdiges entsteht und aus lauter Einzelheiten kein Ganzes. Doch wer entscheidet darüber, was richtig ist und was falsch? Welchen Fakten darf man folgen? Welcher Blick wäre frei von Projektionen? Welche Lebensgeschichte wäre keine nachträgliche Konstruktion? Viel zu wenig hatte ich darüber nachgedacht, woraus sich das Bedürfnis speist, den Lebensgefährten postum in eine Ikone zu verwandeln. Oder ist diese Verschönerungsarbeit der Erinnerung ein ganz natürlicher Vorgang, der das Weiterleben und gelassenes Altern ermöglicht? Dabei hatte ich den Dichter durchaus geschönt, die Liebesgeschichte überhöht und war darin weitgehend den Darstellungen der Malerin gefolgt, weil es mir nicht um eine wie auch immer geartete Wahrheit ging. Ich wollte nichts enthüllen und nichts beweisen, sondern vom Leben dieses Künstlerpaares erzählen – und war deshalb so gutgläubig gewesen.

Ihr entsetzter, zehnseitiger Brief, auf den sie einen Vogel mit traurigem Blick und hängenden Flügeln getuscht hatte und der mit dem Satz begann: »Wie enttäuscht ich bin!«, hatte mich am selben Tag erreicht wie die Nachricht aus Kanada mit der Mitteilung, mein 91 Jahre alter Vater sei in seinem Haus auf der Treppe gestürzt, ins Krankenhaus gebracht, dann aber wieder entlassen worden – oder vielmehr habe er sich selbst entlassen, weil er es nicht ertrug und nie ertragen hatte, krank in einem Bett neben fremden Menschen zu liegen. Nichts war ihm je so zuwider wie Hilflosigkeit. Ein paar Tage später sei er jedoch erneut eingeliefert worden, weil er nicht mehr aufstehen und sich kaum noch bewegen konnte, er habe keinen Lebenswillen mehr und habe aufgehört zu essen und zu trinken.

Die Steuerberaterin meines Vaters und meiner Stiefmutter, die sich dort seit Jahren um alle Belange der beiden Alten kümmerte, hatte mich übers Internet ausfindig machen müssen, weil er ihr eine unbrauchbare Mailadresse gegeben hatte, ein paar hingekritzelte Buchstaben, die nichts bedeuteten. Seltsam vertraut duzte mich die Unbekannte, als wären wir Teil einer Familie, die sich um den Vater versammelt. Zwei Wochen zuvor sei er noch mit dem Auto zum Einkaufen gefahren und habe am Abend den Hund ausgeführt. Der Zusammenbruch sei nicht absehbar, seine Frau immer die Gefährdetere gewesen. »Es kann schon sein, dass er sich wieder erholt«, meinte die Steuerberaterin, was ich dankbar aufnahm, weil ich mich nicht auf den weiten Weg machen wollte. »Wenn er nur will!«, fügte sie hinzu. Also beschloss ich abzuwarten, warum sollte ich ausgerechnet jetzt zu ihm reisen, wo ich ihn noch nie besucht und er mich in drei Jahrzehnten nur einmal eingeladen und dann gleich wieder ausgeladen hatte, nachdem seine Frau – womöglich angesichts des bevorstehenden Besuchs – in Depressionen verfallen war.

Kanada war ein vollkommen fiktives Land für mich, ein

großer Fleck auf der Landkarte, und irgendwo in British Columbia gab es einen Punkt an der Stelle, wo mein Vater lebte, einen Punkt, den ich mir auf Google Maps genauer anschaute. Auf die Idee war ich in all den Jahren zuvor nie gekommen, es hatte mich nie interessiert, wie es dort aussieht. A., meine Liebste, mein Mensch, meine Frau, die eine enge Beziehung zu ihren Eltern unterhält und sich deshalb meine Vaterferne gar nicht vorstellen konnte, hatte mich, schon kurz nachdem sie so überraschend und unerwartet wie jede Liebe in mein Leben trat, ermuntert, endlich zu ihm zu fahren, bevor es zu spät wäre, und falls er davon nichts wissen wolle, einfach unangemeldet dort zu erscheinen, wenigstens für einen Kaffee oder einen kleinen, wortlosen Spaziergang, ganz egal, dann würde ich mir zumindest nicht vorwerfen müssen, etwas versäumt zu haben. Aber ich wollte nicht. Es hatte mich nie zu ihm gezogen, er war mir so fremd wie fern. Warum einen Sterbenden aufsuchen, wenn man sich das ganze Leben lang verpasst hat? All die vermeintlichen Dringlichkeiten des Lebens drängten sich vor, auf dem Schreibtisch häufte sich die Arbeit, die Osterferien im Sommerhaus in der Uckermark hatten gerade begonnen, bald würde auch A. ankommen, ich freute mich auf eine Woche nur mit ihr, ohne Verpflichtungen, eine Woche, in der wir sehr viel lesen, reden und zwischendurch zum See gehen würden, eine Woche aus Liebe, Landschaft und Lektüren, so stellte ich es mir vor, wie wir sie viel zu selten hatten. Zugleich steckte mir das sogenannte Veto der Malerin in den Knochen, auch wenn ich vorsichtig hoffte, dass das nicht ihr letztes Wort gewesen sein würde. Ich trauerte um all die schönen Geschichten, um das darin festgehaltene Leben und die eigene Lebenszeit. Der Vater in Kanada fügte sich in diese Stimmung ein.

So vergingen Tage, kostbare Zeit, und ich weiß noch, dass ich am Fenster stand und über den Acker schaute, auf dem sich die Kraniche und ein paar Rehe versammelten, als die Steuerberaterin mir über WhatsApp zusammen mit der Telefonnummer der Station und der passenden Uhrzeit die Bitte meines Vater übermittelte, ich möge ihn anrufen. Bei mir war es Abend, bei ihm Vormittag, man hatte ihn gewaschen und versorgt, ich hörte Türenklappern und die Schritte der Krankenschwester, die leise zu ihm sagte: »It's your son«, während sie – so stellte ich es mir vor – sich dem Bett näherte und ihm den Apparat in die Hand drückte, in den er mit schwerer Zunge und allerletzter Kraft hauchte: »Danke, dass du anrufst. Kannst du kommen?« Dann, nach einer schier endlosen Atempause: »Du kannst mich doch hier nicht so liegen lassen!« Als ich ihm zuzureden versuchte, er werde doch bestimmt bald wieder auf die Beine kommen, und Sätze sagte, die man so sagt als einer, der nichts begreift, antwortete er mit einem röchelnden Laut und mit den mühsam geformten Worten: »Ich bin Arzt, ich weiß, wann es vorbei ist.«

Sein breites Schwäbisch irritierte mich. Es war in der Fremde noch viel breiter geworden, als wäre die ferne Heimat dort zu einer Macht herangewachsen, die ihn von innen heraus besetzte. Oder es war die Todesnähe, die ihn zurückwarf an den Ursprung, der immer dort ist, wo wir einmal zu sprechen begonnen haben. Die Muttersprache saugen wir mit der Muttermilch ein und lauschen ihr schon im Mutterleib, die ersten Laute, mehr Geschmack, mehr Klang als Wort. Ich hatte ihn eine Ewigkeit nicht gehört. Wir hatten niemals telefoniert, ich hatte nicht einmal seine Telefonnummer, und ob er meine besaß, weiß ich nicht. Jahrelang hatte völlige Funkstille zwischen uns geherrscht, eigentlich bis zur Verbreitung des Internets, denn zu telefonieren wäre uns schon zu intim gewesen, und so begannen wir, uns hin und wieder per Mail auf dem Laufenden zu halten, indem er mir im Winter von der Kälte und der Schneehöhe, im Sommer von Hitze, Waldbränden und Bärenbegegnungen berichtete. Er hatte auf seinen Wanderungen immer ein pressluftbetriebenes Schiffshorn dabei, dessen Tuten die Bären verjagen sollte. Das blieb sich über Jahre in schöner, zyklischer Verlässlichkeit gleich, einmal kam der Bär sogar in den Garten und plünderte den Kirschbaum, und da auch ich Vater immer nur schrieb, dass es mit der Arbeit voran und mir ganz gut gehe, bestand die zentrale Botschaft unserer Mitteilungen darin, noch vorhanden zu sein. Jetzt, im vorschriftsmäßigen Schneckentempo auf der Route 1, fragte ich mich bloß, ob ich ihn noch lebend vorfinden würde.

Vor meiner Abreise – ich bekam einen Flug am Ostersonntag, vier Tage nach dem Telefonat – schaute ich mir seine Mails noch einmal an und staunte darüber, wie viele es dann doch waren. Hunderte. Und ich war schockiert und entsetzt darüber, das vergessen zu haben. Mein Vater war alles andere als der große Schweiger, als den ich ihn erinnerte. Woher stammte dann aber dieses Gefühl in mir, er hätte nichts von sich preisgegeben? In welches Loch fielen all seine Mitteilungen? Könnte es sein, dass weniger er sich von mir, als ich mich von ihm abgewendet hatte? Die kanadische Ferne, in der er existierte, war mir immer als adäquater Ausdruck unseres distanzierten Verhältnisses vorgekommen, diese Ferne war mir näher gewesen als seine etwas hölzernen Annäherungsbemühungen mit Weihnachtsgrüßen oder kleinem Geburtstagsscheck. Eltern waren für mich etwas, das es hinter sich zu lassen galt. Nach monatelangem Schweigen war meistens er es, der sich wieder meldete und fragte, was mit mir sei. Es gab Jahre, in denen er mir monatlich geschrieben und wo er mir Kapitel aus seinen Memoiren geschickt hatte, die zu verfassen seinen Lebensabend füllte. Er beschäftigte sich mit seiner Kindheit, dem Elternhaus, der Zeit bei der Flak, wo er mit sechzehn, siebzehn das letzte Kriegsjahr an der Heimatfront erlebt hatte. Die Erinnerungen brachen ab, als er Anfang der 50er Jahre in Tübingen Medizin studierte und dort beim Tanz meine Mutter kennenlernte.

Dieses lose Ende hatte ich gewissermaßen aufgenommen, denn ich bin kürzlich selbst nach Tübingen gezogen, zu A., die dort Philosophie unterrichtet, und ihrem zwölfjährigen Sohn, doch während das für mich eine Rückkehr in die schwäbische Heimat bedeutet, der ich einst entflohen bin, ist es für sie, die aus Siebenbürgen stammt, ein Leben in der Fremde und in einer Sprache, die sie zwar von klein auf gesprochen hat und besser spricht als die meisten Deutschen, die aber doch nicht ihre Muttersprache ist. Ich musste lernen, darauf zu achten, was es heißt, in einem anderen Land zu leben, und wie gefährdet man ist, wenn das Gefühl der Zugehörigkeit so zerbrechlich ist und wenn man, wie sie, weder da, wo man herkommt, noch da, wo man jetzt ist, wirklich zu Hause sein kann. Für mich stand diese Zugehörigkeit nie in Frage, so dass ich erst allmählich verstand, dass sie sich fortdauernd als Gast fühlt, egal wie wir uns einrichten. Ihre Heimat sind die Bücher, Platon, Nietzsche, Heidegger vor allem, und also dann doch die deutsche Sprache. Für mich war die Begegnung mit ihr auch eine Rückkehr zur Philosophie, mit der ich seit der Studienzeit nicht mehr allzu viel zu tun hatte, während es sie von dort aus zur Literatur zog – und damit zu mir und meinen Lektüren, die sie dann wiederum mit ihren eigenen Gedichten bereicherte, Gedichte, die philosophischen Meditationen glichen und die all das aufnahmen, weiterführten und in eine anders sprechende Sprache transportierten, was gelegentlich auch in den Mails anklang, die wir uns schrieben. Es waren immer neue Versuche, Entgrenzung und scharfe Reflektion zusammenzuführen, mit Hilfe eines lyrischen Ich, das aus den Gedichten spricht, über das eigene Ich hinauszugelangen, indem da ein grenzenloses Du angesprochen wird oder das Denken selbst die Regie übernimmt und das Ego hinter sich zurücklässt. Wir trafen uns als Lesende und als Schreibende, schrieben uns nach der ersten Begegnung in Tausenden von E-Mails immer tiefer ineinander hinein, ich war ihr und diesem Schreibprozess völlig verfallen, wartete von Minute zu Minute auf das Eintreffen der nächsten Mail und besaß neben all den Worten, die sie aussandte und die sie aus mir hervorlockte, nichts von ihr, kein Foto und noch nicht einmal ein brauchbares Erinnerungsbild im Gedächtnis. Die Leidenschaft entzündete sich an nichts als der Sprache, die zum Mittelpunkt des Daseins wurde, einem Sehnsuchtsgelände, das unsere Worte füllten, einer Ankunftsstelle, die sich öffnete.

Die Malerin ist über achtzig, wirkte jedoch wie ein junges Mädchen auf mich, das seine Trümpfe kokett auszuspielen versteht und das nur aufgrund einer tragischen Verwechslung oder eines Irrtums der Zeit in einen alten Körper eingesperrt ist. Sie setzte sich immer mit dem Rücken zum Fenster, so dass ihr Gesicht im Schatten lag, und sagte das auch, damit ich nicht sehen müsse, wie alt und hässlich sie sei. Sie wollte schön sein, indem sie das dementierte. Meine Aufgabe bestand darin, ihre über das Alter triumphierende Schönheit zu bestätigen und die Schönheit des Dichters zu besingen. Denn was heißt Schreiben anderes, als die Dinge schöner zu machen, als sie sind? So hat es einer meiner literarischen Väter ausgedrückt, und ich bin ihm darin gefolgt.

»Vielleicht ist sie ja sogar ein kleines bisschen verliebt in dich – und du in sie«, hatte A. vermutet, und auch wenn ich das entschieden dementierte, könnte ein wenig davon doch wahr gewesen sein. Ich mochte die Malerin und ihre Bilder ja wirklich, mochte ihre geschmeidigen, graziösen Bewegungen, denen anzusehen war, dass sie einmal Tänzerin werden wollte und, bevor sie zu malen begann, Tanz studiert hatte; ich mochte ihre eruptive Art des Erzählens, ihre Vitalität und die Farbigkeit ihrer Gesten und Kleidung. Vielleicht suchte sie aber auch einfach nur Gesellschaft, dafür brauchte sie mich, und dafür wollte sie auch meinen Text. Ich erwiderte, so wie sie es von mir erwartete, dass sie sich über ihr Aussehen doch wohl keine Sorgen machen müsse, wo sie so jung geblieben sei. Der Dialog gehörte zum festen Repertoire meiner Besuche, wie auch ihre insistierenden Fragen: »Was halten Sie von ihm? Ist er nicht ein wundervoller Poet? Wie geht es Ihnen mit ihm? Mögen Sie ihn überhaupt?« Dann betonte sie mit gesenkter Stimme: »Er war ein Dichter, ein wirklicher Dichter«, um mir ein ähnliches Bekenntnis zu entlocken, was ich jedoch verweigerte, so dass sie, nie besänftigt, immer misstrauisch, gleich noch einmal sagte, dass er durch und durch ein großer Dichter gewesen sei.

Der Dichter war die Brücke zwischen mir und ihr. Alles was an Nähe und Vertrauen zwischen uns entstand, ging über ihn. Sie suchte die Huldigungsgemeinschaft, musste sich deshalb immer wieder meiner Treue und meiner Wege versichern, auch indem sie sich stets nach meiner Liebe erkundigte, als ob das der Gradmesser wäre, an dem sich meine Verlässlichkeit ablesen ließe. Und sie hatte ja völlig recht, denn wie könnte ich über ihre und des Dichters Liebe schreiben, wenn ich selbst mit dem Element der Liebe nicht in Berührung stünde. Man muss doch, um etwas zu begreifen, auch aus eigener Erfahrung schöpfen. »Wie geht es Ihnen mit Ihrer Liebsten?«, fragte sie bei jedem meiner Besuche, seit ich ihr von dieser meiner Liebesbesetztheit oder -besessenheit oder -bedürftigkeit berichtet hatte. Da sie mir so vieles aus ihrem Leben erzählte, wollte auch ich ihr nichts Wesentliches vorenthalten.

Erst jetzt begriff ich, dass die Wahrheit über ihn ihr Werk sein sollte und seine Würde ihr Wunsch, genau wie ihre Wohnung, die mir wie ein Museum ihrer Liebe erschien, eine Gedenkstätte, in der ihre Gemälde ringsherum an den Wänden hängen, filigran mit feinstem Pinsel gearbeitete, großformatige Traumbilder, auf denen der Dichter immer wieder als Seemann oder als Schlafender auftaucht. Daneben aber sind seine flächigen Ölbilder zu sehen, naive, sehr blauäugige Selbstporträts und kraftvolle Frauenfiguren in klaren Farben, die er hinter Glas in die Rahmen alter Fenster gemalt hat. So vervielfältigen sich beide in der Kunst, wie man sich auch in der Zeit vervielfältigt von Augenblick zu Augenblick, so dass sich naturgemäß immer mehr Bilder, Ansichten, Ausschnitte und Einblicke ansammeln im Lauf der Jahre eines Lebens. Allerlei Devotionalien stehen herum, von ihm gebastelte Figürchen, eine nackte Frau mit beweglichen Brüsten, die er wie ein Schiff in eine Flasche kaprizierte, seine Menora, Masken und Utensilien ihrer gemeinsamen Straßentheaterzeit, ein Hut und Fotos von ihm. Seine Briefe – mehr als tausend schrieb er ihr im Lauf der Jahrzehnte – verwahrt sie in einer weißen Truhe, und jeden Tag nimmt sie einen heraus, um darin zu lesen. Solange er zu ihr spricht, ist er nicht tot.

Dass Nähe aus der Distanz heraus entsteht, hätte mir geläufig sein können, denn schließlich war ja auch im Verhältnis zu meinem Vater der Abstand die Bedingung der Kommunikation, und auch zwischen Dichter und Malerin spielten die Briefe und das Abstandnehmen eine entscheidende Rolle. Doch das, was sich schreibend zwischen mir und A. entwickelte, war etwas völlig Anderes, Umfassenderes, unser Schreiben zum Lieben hin warf mein Leben völlig um und sortierte es neu, und es gab nichts Beglückenderes als den Augenblick, in dem sie mich zum ersten Mal mit »Liebster« anredete, was uns bald zu einem gegenseitigen Bedürfnis wurde, nicht als Formel, sondern als Fakt – oder vielleicht sogar als Bannfluch. Jede Benennung ist auch eine Ermächtigung, weil der Name, den man jemandem gibt, nicht einfach bloß bezeichnet, sondern hervorruft und damit zuallererst das erschafft, was er benennt. Liebe ist zunächst eine Behauptung, ein Wort, das nach einer Entsprechung sucht und das vielleicht deshalb immer aufs Neue zu flüstern und unendlich oft zu wiederholen ist, weil es sich in der Wiederholung belebt als eine absolute, frisch in die Welt entlassene Wahrheit.

In Tübingen setze ich die Wege durch die Stadt und die Gegend fort, die mein Vater einst verlassen hat, denn dort verändert sich ja nichts, es sieht noch immer so aus, wie es schon für Hölderlin, Hegel und Hauff ausgesehen hat. An der Burse, wo A. Seminare gibt, sind die Stiftler vorbeigegangen, als sie über das Systemprogramm des deutschen Idealismus nachdachten, und ein paar Jahre später wurde Hölderlin in diesem Gebäude, damals noch ein Krankenhaus, mit Methoden traktiert, die den Wahnsinn eher förderten als heilten. Auch das

Haus, in dem mein Vater seine Studentenbude hatte, steht noch. Er schickte mir die Adresse, und ich schickte ihm ein Foto, alles noch da.

Insgeheim warf ich ihm damals vor, dass er nicht weitererzählte, dass er in den frühen Jahren verharrte und da aufhörte, wo es schwierig zu werden begann. Das, was auf die Studentenzeit folgte, wäre doch erst das Leben gewesen: die erste Ehe und ihr Ende und dann die zweite, bis heute andauernde. Jeweils Geschichten für sich, ineinander verzahnt. Doch wer bin ich, ihm etwas vorzuwerfen, was auch ich nicht leiste. Auch ich hatte mich neu verliebt, die Ehefrau verlassen, mich geschieden und mein Leben umgekrempelt. Vielleicht erzählt man letztlich alles immer nur für sich, um in den Ereignissen Ordnung zu schaffen. Vergangenheit ist nichts Festes, weil sie immer von einem bestimmten, aber nie gleichen Standpunkt, immer von der flüchtigen Gegenwart aus in den Blick gerät. Schreiben heißt, mit der Vergangenheit aufzuräumen. Womöglich hatte Vater sehr wohl weitergeschrieben, das Ergebnis aber für sich behalten. Oder er hatte es vorgezogen, alles im Kopf zu bewahren, weil nur das Nicht-Aufgeschriebene beweglich bleibt und sich unmerklich den jeweiligen Erfordernissen anpasst. Über die Intimsphäre wolle er nichts sagen, hatte er erklärt, weil sie sich der zutreffenden Formulierung und Mitteilbarkeit entziehe. So drückte er sich aus, fast wie Fußballspieler, die, wenn sie nach dem Schlusspfiff nach ihren Gefühlen gefragt werden, zu antworten pflegen: Dafür gibt es keine Worte.

Ich stellte ihn mir vor, wie er in seiner kanadischen Abgeschiedenheit in diesem Holzhaus saß, das ich nur von Fotos kannte, mit Blick über den zum Arrow Lake aufgestauten Columbia River und auf die über 3000 Meter hohen Gipfel der Monashee Mountains, und wie er dort die schwäbische Heimat imaginierte, den Neckar mit seinen Weinbergen, das Elternhaus in Ludwigsburg, die Baracken seiner Flak-Einheit, die Tübinger Gässchen mit dem Hölderlinturm, Schulkameraden und Kommilitonen, Wege, die er als junger Mensch gegangen war und die ich nun statt seiner ging. *Ihr teuren Ufer, die mich erzogen einst / Stillt ihr der Liebe Leiden, versprecht ihr mir, / Ihr Wälder meiner Jugend, wenn ich / Komme, die Ruhe noch einmal wieder?* Auch die Lust an ausgedehnten Fahrradtouren hatte ich von ihm geerbt und war vielleicht auch schon den Uferweg entlanggefahren, wo er einmal mit einem Mädchen unterwegs gewesen war, was ihm in seinen Erinnerungen den Satz entlockte: »Wir sind nicht nur Fahrrad gefahren.« Das war die einzige Stelle in seinen Aufzeichnungen, die vorsichtig so etwas wie eine erotische Überraschung andeutete. Ich druckte alles aus und dazu die Fotos, die er immer wieder angehängt hatte, sah ihn im blühenden Garten der Kindheit, sah ihn als Soldat in Uniform mit Kindergesicht und einem Gewehr im Anschlag, sah ihn zwischen dem Bruder und der Schwester, mit Mutter und seinem immer schon sehr alten Vater, alle längst tot, eine Totenfamilie, die Toten rufen nach uns. So war er mir zu einer Papierperson geworden, über deren Herkunft ich mehr wusste als über ihre Gegenwart, auch wenn derlei Erinnerungen in ihrer anekdotischen Harmlosigkeit eher dazu dienen, ein Schweigen über all die Abgründe zu legen, die im Rückblick beunruhigt und aus dem eigenen Leben ein weniger überschaubares Gelände gemacht hätten.

Auch der Dichter war für mich zunächst so eine Papierperson gewesen, die aus den Briefen im Archiv, aus Manuskripten, Bildern und Büchern, aus hinterlassenen Dingen, vor allem aber aus den Erzählungen der Malerin hervortrat. Ich bewunderte die Entschlossenheit, mit der er sein Künstlertum gewählt hatte, um diesem Traum ein Leben lang zu folgen, zusammen mit ihr, der Malerin. (Sie aber würde widersprechen und sagen, er habe nichts gewählt, sondern sei immer schon ein Dichter gewesen, weil man zum Künstler nicht wird, sondern es auf existentielle Weise ist, allenfalls das bereitliegende Talent in sich entdecken muss, um es zu ergreifen.) Je länger ich mich mit ihm beschäftigte, umso mehr war er mir als großer Liebender ans Herz gewachsen. Die Liebe betrieb er so wie die Kunst mit Nachdruck und ohne in seinem Wollen je nachzulassen, und ganz sicher war es diese Kraft, die mich für ihn und die Malerin zuerst eingenommen hat, weil ich, als ich mit der Arbeit begann, selbst frisch verliebt und also nicht ganz zurechnungsfähig gewesen war und es auch nicht sein wollte, weil zu lieben heißt, dieser Unzurechnungsfähigkeit zu folgen und bedenkenlos »für immer« zu sagen, auch wenn jeden Tag das Ganze auf dem Spiel steht und schon morgen alles vorbei sein kann. Einen Liebesroman wollte ich also schreiben und keine Biographie, doch als ich das der Malerin verriet, sagte sie bloß: »Um Gottes willen! Nein! Niemals!«, und im Übrigen wolle sie in diesem Buch überhaupt nicht vorkommen, sie sei nicht wichtig, »lassen Sie mich raus«. Dass das unmöglich wäre, konnte ich ihr immerhin begreiflich machen, und im fertigen Manuskript störte sie sich daran dann auch nicht mehr.

Ich schätzte den Dichter für seine Verletzlichkeit, die er zu verbergen suchte, und für seine vielfältigen Talente. So ungezügelt, wie er schrieb, malte er auch. Er war gelernter Matrose, der sechzig Knoten zu knüpfen wusste und manchen Sturm überstanden hatte. Nach den Jahren auf See war er so etwas wie ein trockener Seemann, der vielleicht nur deshalb trank, um den Mangel an Meer in Flüssigkeit zu ertränken. Das Trinken überfiel ihn quartalsweise, doch er habe nie – wie die Malerin nicht müde wurde zu betonen und wie ich dann auch nicht müde wurde, es aufzuschreiben –, niemals getrunken, wenn er dichtete. Ich sollte ihn mir vorstellen, wie er in seinem Stammcafé stumm und still und stundenlang vor einem Glas Bier saß, das er nicht anrührte, oder einem Tee, der kalt wurde, während sich die Worte in ihm ansammelten, bis er dann das fertige Gedicht in einem Guss aufs Papier warf, es musste nur noch hingeschrieben werden, und die Gedichte waren selten kurz. Wenn ich jedoch aus einem seiner Briefe zitierte, in denen er einen fürchterlichen Alkoholexzess beklagte und Besserung gelobte, während die leeren Flaschen vom Vorabend noch auf dem Tisch standen, strich die Malerin alle härteren Getränke, dann aber auch Wein und Bier aus dem Manuskript, als habe er tatsächlich immer nur Mineralwasser getrunken wie in den Phasen der hart erkämpften Abstinenz.

Am Ende ist das Aufgeschriebene das, was bleibt. Alles andere verschwindet in den Ritzen der Zeit: das Brodeln der Kaffeemaschine, die Stimmen der Gäste an den Nebentischen, das dumpfe Starren ins Glas, der eigene Herzschlag und die eigenen Gedanken, die Sehnsucht, die Unerfülltheit oder der Sonnenstrahl, der durch die Scheibe fällt. Wir schreiben es hin, doch nichts von dem, was wir erlebten, geht im Geschriebenen auf. Es ist, wie wenn man versucht, einen Traum festzuhalten, und schon während des Erzählens merkt, wie er sich durchs Erzählen verändert, wie er eine logische Zwangsläufigkeit entwickelt, ohne die er nicht erzählbar wäre, die ihm aber nicht entspricht. Jedes Erzählen ist ein Zurechtrücken. Das

Leben besteht aus einzelnen Momenten, aus Empfindungen, aus Flüchtigkeiten, aus Unbegriffenem. Unser Bedürfnis nach Unvergänglichkeit bildet daraus im Nachhinein Zusammenhänge und Bedeutungen, ein Ego mit einer Biographie, wo eine Etappe auf die andere folgt, als strebten wir einem von Anfang an feststehenden Ziel entgegen. Tatsächlich wissen wir doch aber auch am Lebensende noch nicht, woher wir kommen und wohin es uns verschlägt und was da eigentlich die ganze Zeit aus uns spricht.

Als ich den ersten Brief der Malerin erhielt, hatte ich sie und den Dichter sofort vor Augen. Die beiden waren mir einst auf ihren Wegen durch Kreuzberg immer wieder begegnet. Sie fielen auf, fielen aus dem Rahmen und aus der Zeit, liebenswerte, freundliche Gestalten aus einer anderen Welt. Ihm saß stets ein runder, schwarzer Hut wie festgewachsen auf dem Kopf mit den halblangen, dunkelblonden Haaren, und auch sie trug gerne einen Hut, allerdings breitkrempiger und so, als ob sie sich darunter verbergen wollte. Er steckte in altertümlichen, groben Hosen und in einer unverwüstlichen Seemannsjacke, sie bevorzugte farbige Gewänder und Tücher, die sie umflatterten. So spazierten sie durch die Straßen, als befänden sie sich in einem Theaterstück, und ich hatte sie immer Hand in Hand vor mir gesehen, bis die Malerin mir verriet, Hand in Hand wäre sie nie mit ihm gegangen, das hätte ihrem Bedürfnis nach Eigenständigkeit widerstrebt. In meiner Vorstellung gehen sie trotzdem Hand in Hand, weil ich sie mir anders nicht denken kann.

Sommers hatte ich stets die üppige Blütenpracht auf seinem Grab bewundert, das sie seinen »Pier« nannte, als könne er von dort aus in See stechen, als würde sie am Festland stehen und ihm hinterherwinken, während sein Schiff sich langsam entfernt. Vielleicht ist der Tote ja tatsächlich wieder auf großer Fahrt. Hinter dem Styx liegen die Weltmeere und irgendwo auch die Südsee, von der er sein Leben lang träumte. Als Kind stellte er sich dort Kokosnussstrände und Frauen mit nackten Brüsten vor, tanzende Menschen, die auf ihn warteten und die ihn lächelnd empfingen; später träumte er davon, dass die Dichter der Welt, jeder auf seinem Schiff, sich dort versammelten, um sich ihre Gedichte vorzutragen, die sie auf Palmblätter geschrieben hätten, um sie sodann dem Wind und dem Meer zu übergeben. So wären ihre Worte in der Welt wie der Staub im Wind, und die Dichter bestiegen erneut ihre Schiffe, um in ihre Heimathäfen zurückzukehren. Was wissen wir schon von den Toten, von ihren Reisen und von ihren Träumen. Es ist das schönste Grab Berlins, eine Schmetterlingsoase, von Eichhörnchen umstrichen.

In ihrem Brief ließ die Malerin mich wissen, dass sie einen Biographen für den Dichter suche, sie zählte, um dessen Bedeutung zu unterstreichen, die Verlage auf, in denen er publiziert hatte, verwies auf die von ihr postum initiierte Werkausgabe und seine PEN-Mitgliedschaft, als könnten derlei Beglaubigungen einer Künstlerschaft irgendetwas beweisen. Wenn er wirklich der bedeutende Dichter gewesen wäre, für den sie ihn hielt, würden seine Gedichte für sich sprechen, und auch die Malerin würde ganz auf deren Wirkung vertrauen, ohne sie andauernd herausstellen zu müssen. 42 Jahre lang, schrieb sie weiter, habe sie ungewöhnlich nah und produktiv mit ihm zusammengelebt und dabei alle Facetten, auch die schmerzhaften, kennengelernt, die die psychische und intellektuelle Farbpalette ausmachen. Nun wünsche sie sich jemanden mit einem herzhaften Zugang zu seiner Poesie und deutete im PS an, es gäbe ein Nachlass-Konto mit einer kleinen Summe, die für diesen Zweck eingesetzt werden könnte.

Wäre ich klüger gewesen, hätte ich eine freundliche Absage formuliert. Sie suchte jemanden, der ihr zu Diensten stünde, um ihre Version der Geschichte zu Papier zu bringen. Einen Lohnarbeiter. Einen Ghostwriter. Das würde ich nicht sein. Ich hätte ihr zu verstehen geben müssen, dass ich nur wenig von ihm kannte und das Wenige mich weder berührt noch überzeugt hatte. Was ich dann aber von ihm las, überraschte durch seine charmante Naivität. Der Dichter machte sich die Welt zurecht wie ein Kind, das mit Buntstiften malt: Häuser mit Tür und Fensterviereck, Schornsteine, aus denen gekringelter Rauch aufsteigt, und oben im Eck eine gelbe Sonne mit Strichstrahlen. Alles drehte sich um Schiffe, Meere, Wetter, Wellen, Frauen und Häfen, sprudelte aus nie versiegenden Erinnerungsquellen hervor, blieb im Dahinfließen aber ungeformt und ähnelte eher einem Selbstgespräch als durchgearbeiteter und durchdachter Lyrik. Und doch hatten seine Verse in ihrer unverstellten Direktheit ihren Reiz: keine große Kunst, keine Unsterblichkeit, aber unmittelbarer Ausdruck, lebendiges, schillerndes Dasein. Ja, Frau Malerin, ich mochte ihn.

Seltsam, dass der Mensch erst sterben muss, bevor er seinen Stolz überwindet. Dass er erst dann ruft, wenn er nicht mehr reden kann. Was ist es, das uns hindert. Was ist es, das uns sprechen lässt. Seltsam, dass am Ende des Lebens die Bande zwischen Vater und Sohn Bestand haben, auch wenn es zuvor keine wirkliche Bindung gab. Du kannst tun, was du willst: Der Vater bleibt der Vater, und der Sohn bleibt der Sohn, auch wenn der Vater sich in die Rocky Mountains verzogen hat und der Sohn ins damalige West-Berlin mit der Mauer als Abstandhalter drum herum. Ich war eben nicht zum Studium nach Tübingen gegangen wie Vater und wie auch schon der Vater meines Vaters und wie vermutlich alle Generationen zuvor. Dabei wusste ich fast nichts über Berlin. Als Kind hatte ich ein Tausend-Teile-Puzzle zusammengesetzt, das den Ku'damm mit Café Kranzler und Gedächtniskirche zeigte, den U-Bahn-Eingang, gestreifte Markisen und Doppeldeckerbusse, aber dass West-Berlin als Insel mitten in der DDR lag, begriff ich erst sehr viel später. Ich wollte mit der Familientradition brechen, bloß weg, und so ging es Vater mit seiner Kanada-Emigration dann auch. Wir waren Familienflüchtlinge, jeder auf seine Weise, und hätten uns darin doch eigentlich sogar verstehen können.

In meiner Ehe, die kinderlos geblieben war, hatte sich diese Tendenz fortgesetzt, denn auch meine Frau war eine Flüchtende, die alles, was an Familie erinnerte, vermied, also auch Kinder. Wir wollten schreiben, lesen, arbeiten, daraus bestand unser Leben, und so hatten es ja auch der Dichter und die Malerin gemacht. Man muss sich zwischen Kunst und Kindern entscheiden. Die Kindheit meiner Frau mit einem autoritären Vater war schlimm genug, das wollte sie nicht wiederholen und nichts davon weiterreichen. Ich war viel auf Reisen, oder ich saß am Schreibtisch, ein Kind wäre da bloß hinderlich gewesen; ich hatte nie auch nur den Hauch einer Sehnsucht nach Elternschaft entwickelt. Darin waren wir uns sehr einig gewesen, bis ich dann diese Zweierkonstellation verließ. Nach dreißig Jahren ging ich aus der gemeinsamen Wohnung und vermisste nichts. Kein Schmerz, kein Bedauern. Dabei war das doch meine Heimat gewesen. Wir hatten keine schlechten Jahre gehabt, im Gegenteil, und doch verließ ich sie, als ob ich bloß zu Besuch gewesen wäre, und alles, was es an Bindungen gab, fiel von mir ab, als hätte es sich bloß um Äußerlichkeiten gehandelt. Das war verwirrend; dreißig Jahre schrumpften auf einen Augenblick zusammen, der nun abgeschlossen hinter mir lag, so dass ich aus diesem Dasein aus- und in ein anderes eintreten konnte, als handle es sich tatsächlich nur um einen Umzug und nicht um ein neues Leben. Mit Kind wäre das nicht möglich gewesen, wer Kinder hat, bleibt verbunden, über alle Trennungen hinweg.

Aber das ist nur die halbe Wahrheit, denn es dauerte lange bis zu diesem Augenblick des Verlassenkönnens, Jahre, in denen ich zunächst noch im Bett neben meiner Frau lag, ohne dass wir uns je berührten, bis ich dann aufs Sofa im Wohnzimmer umzog, um mich von dort aus nach A. zu sehnen. Verliebtheit ist eine Form von Wahnsinn und Verblendung, der nichts entgegenzusetzen ist. Zunächst hatte ich noch gedacht, Liebe wäre teilbar, warum sollte ich nicht zwei Frauen auf unterschiedliche Weise lieben, um dann aber zu bemerken, wie totalitär und absolut und unersättlich die Sehnsucht ist, indem sie keine Minute verpassen möchte und alles verlangt, den Einsatz des ganzen Lebens. Vielleicht lässt sich die Liebe teilen, doch ich selbst konnte mich nicht teilen. So war ich längst weg, auch wenn ich noch in Berlin blieb, nur die Gewohnheit hielt mich fest, und meine scharf empfindende Frau sagte es mir auch, als wir einmal nebeneinander auf dem Balkon standen und traurig in den Nachthimmel schauten: »Du bist schon gar nicht mehr da.«

Und dann kam jener Nachmittag, an dem ich in die alte Wohnung zurückkehrte, um Kisten zu packen, Bücher und andere Hinterlassenschaften, die mir nur noch lästig waren, tote Gegenstände, die ihre Bedeutung eingebüßt hatten, Staubfänger, Stellvertreter eines vergangenen Lebens. Doch noch während ich einpackte und dann, als ich die Kisten aus dem Dachgeschoss nach unten schleppte, packte mich das Elend. Ich heulte treppauf und treppab, schleppte schluchzend mein Zeug, hoffend, es möge mir niemand aus der einstigen Nachbarschaft begegnen, bis ich nicht mehr konnte, weil es mich schüttelte, und ich mich in den Imbiss nebenan rettete, wo meine Tränen auf den Burger tropften. Dieser Vorgang befremdete mich so, dass es mir endlich gelang, mit der Heulerei aufzuhören; es macht ja keinen Sinn, Tränen auf dem Teller zu betrachten, die schon nicht mehr die eigenen sind. Ich wusste nicht, was mich plötzlich gepackt hatte, vielleicht die Trauer darüber, dass das Leben vergeht, ohne Spuren zu hinterlassen, dass es so viel Ende, so viel Abschied, so viel Tod enthält und ich das in diesem Moment nicht mehr ertragen konnte. Ich wusste, dass ich da durchmusste, doch ich genoss den Schmerz so sehr, wie er mir in aller Öffentlichkeit auch peinlich war, und der Burger war der beste Burger, den ich je gegessen hatte.

In biblischen Zeiten gab es Urahnen, die wie Abraham mit den Sternen am Himmel die Zahl ihrer Nachkommen abschätzten. Von Generation zu Generation wurden es mehr Kinder, Enkel, Urenkel. Bei mir stand der Stammbaum auf der Spitze, die Verwandtschaft verzweigte sich nicht in die Zukunft, sondern in die Vergangenheit hinein. Vorwärts kam nichts, doch hinter mir verdoppelten sich die Vorfahren von Generation zu Generation, so dass ich spätestens bei den Urgroßeltern den Überblick verlor. Mein Großvater war noch vom Wunsch beseelt gewesen, ein biblischer Patriarch zu sein, mein Vater musste sich von diesem Wunsch verabschieden. Dabei hätte er so gerne alles, was er erwirkt und erworben hatte, weitergegeben und seinen Besitz wie DNA ins vierte, fünfte, sechste Glied vererbt. Das hätte seinem irdischen Dasein Sinn und Dauer verliehen. Doch ich hatte ihn enttäuscht und alleingelassen, er musste mich für eine evolutionäre Sackgasse halten, was für eine Vergeblichkeit.

Jetzt war mir mit A. auch ein Sohn zugewachsen, der gerade zu pubertieren begann und mich ständig daran erinnerte, wie es ist, zwölf Jahre alt zu sein, für Mathe oder Latein lernen und Klavier üben zu müssen, und ich fand mich in der Rolle des rasch genervten Mahners wieder, der sagt, mach dies, mach das, warum hast du jenes nicht getan. Früher war es meine Mutter gewesen, die von mir die Hausaufgaben und tägliches Cello-Üben einforderte, was ich zähneknirschend, aber jenseits der Etüden doch auch mit Freude tat. Mutter begleitete mich gerne auf dem Klavier, wir spielten Cello-Sonaten von Beethoven, sie viel besser als ich, und ich hatte keine Ahnung, welches Privileg es war, eine Klavierspielerin zur Verfügung zu haben, die mir mit der Musik auch so etwas wie Enthusiasmus vermittelte. Nie waren wir uns näher als im gemeinsamen Musizieren, das mehr ist als bloß ein Gespräch, weil man zusammen etwas erschafft, etwas Flüchtiges, das nur so lange hält, wie das Spiel dauert, aber doch eine enorme Befriedigung hinterlässt. Irgendwann legte ich das Cello dann aber beiseite, seit Jahrzehnten habe ich es nicht mehr angefasst, und so ist es befremdlich für mich, wenn ich jetzt den Jungen zum Klavierüben animiere, sein Talent bewundere und mich über seine Faulheit ärgere und auf diese Weise die eigene Kindheit noch einmal aus der anderen Perspektive durchlebe. Für meinen Vater aber dürfte es zu spät sein, um den Jungen kennenzulernen und als Enkel anzunehmen, wie er es täte, wenn er noch bei Kräften wäre.

Diese Lebenssituation hatte ich nicht unbedingt angestrebt, aber sie ergab sich aus meiner Liebe, also habe ich sie wohl doch gewählt. Ich musste nur verstehen, warum ich genau das gewollt hatte, es musste da ein Familienwunsch in mir sein, von dem ich nichts geahnt hatte. Warum liebt man? Warum diese Menschen – und warum so? Der Junge wurde mir gegeben, weil er zu A. gehört. Kinder sucht man sich nicht aus, sie sind einfach da eines Tages, neue Wesen, in die Welt geworfen. Sie sind, und sie sind so, wie sie sind. Ganz egal, ob Wunschkind oder nicht, besteht die Aufgabe darin, sie anzunehmen, als das, was sie sind oder werden können, denn jemanden zu lieben, heißt doch wohl, ihn zu stärken und in seinen Möglichkeiten zu erkennen.

In den seltenen Briefen, die ich Vater in den Jahren nach meinem Auszug schrieb – ich war gerade 18 geworden –, sprach ich ihn mit seinem Vornamen an, eben weil er als Vater keine Rolle für mich spielte. Ich dachte, vielleicht könnten wir, wenn überhaupt, als Freunde zueinander finden. Diese Anrede ärgerte ihn maßlos, weil er es als respektlos empfand, auf diese Weise seines Amtes enthoben zu werden. Nach einigem Hin und Her mit gegenseitigen Vorwürfen – er war ein schlechter Vater, und ich war ein schlechter Sohn – hatte er mir einen getippten Brief geschickt, der statt der Grußformel mit der in drei Pünktchen auslaufenden Zeile endete: »Ich hatte einen Sohn …«, jedoch wie immer handschriftlich unterschrieben war mit »Dein Vater«. Er erfüllte seine Vaterpflichten, indem er mir jeden Monat einen exakt dem BAföG-Satz entsprechenden Unterhalt überwies, was ich nicht der Rede wert fand. Wenn er weniger verdient hätte, hätte ich BAföG direkt beantragt. Pünktlich nach dem zehnten Semester meines Studiums hörte er damit auf. Philosophie und Germanistik mag er als brotlos empfunden haben, andererseits waren das die Fächer, die ihn mehr interessierten als Medizin. Denn auch vor seinem Beruf war er geflohen, als er in dem Alter, in dem ich jetzt angekommen war, seine Praxis verpachtete und überstürzt nach Kanada übersiedelte, um dort einen neuen Lebensabschnitt zu beginnen.

Ich hätte nie vermutet, dass Arzt zu sein ihn nicht erfüllte, kannte ich ihn doch von Kind an als Respektsperson im weißen Kittel. Die Praxis befand sich im Elternhaus, Wohn- und Kinderzimmer lagen zwischen Behandlungsraum und Sprechzimmer, so dass manchmal Patienten bei Tisch erschienen, die sich in der Tür geirrt hatten. Womöglich war er nur deshalb Arzt geworden, weil auch sein Vater Arzt gewesen war und er ihm in dieser Profession zu folgen hatte, nachdem der ältere Bruder im Krieg an der Ostfront ums Leben gekommen war. Einer musste die Familientradition weiterführen, das verstand sich von selbst, und so übernahm er auch die Praxis seines Vaters, saß an dessen altem Schreibtisch in dessen Sprechzimmer, das für mich eher ein Schweigezimmer war, weil Vater, wenn er darin verschwand, die Doppeltür hinter sich schloss, so dass nichts von dem, was drinnen geschah, nach außen dringen konnte. Das Arztgeheimnis hatte seinen festen Ort im Haus.

Die Familienlegende besagte, dass mein Großvater ein berühmter und verehrter Chirurg gewesen war, der im Krieg – und mir ist bis heute unklar, ob damit der Erste oder der Zweite oder beide Weltkriege gemeint waren – in einem Zeltprovisorium operiert, zahlreichen Menschen das Leben gerettet, Amputationen zur Not auch ohne Narkose aber mit stählernen Nerven ausgeführt und Kriegsverletzte wieder einigermaßen zusammengeflickt habe, so dass meinem Vater als dessen Sohn und Nachfolger weiter die Dankbarkeit der Stadt entgegenschlug und die Nachgeborenen auf der Straße uns ehrerbietig grüßten.

In der Familienüberlieferung galt mein Großvater als untadeliger und vom Nationalsozialismus unberührter Ehrenmann, der einmal eine Jüdin ohne medizinische Indikation am Blinddarm operiert habe, um auf diese Weise ihre Deportation zu verhindern. Damit habe er ihr das Leben gerettet. Parteimitglied war er nicht, weil er die beiden Delegierten, die ihn eines Tages im Krankenhaus aufsuchten, um ihn zum Parteieintritt zu nötigen, warten ließ, indem er immer weiter operierte, bis sie entnervt abzogen und nie mehr wiederkamen. Schwer zu sagen, welchen Wahrheitsgehalt derlei Geschichten besitzen. Immerhin hatte er den »Völkischen Beobachter« abonniert, was zumindest für das übliche Maß an Opportunismus spricht, auch wenn das Blatt, wie mein Vater behauptete, ungelesen im Mülleimer landete.

Nazi-Ideologie habe im Elternhaus keine Rolle gespielt und auch ihn nie erreicht, nicht als Pimpf und auch nicht in der HJ, lediglich den Führer-Reden habe er gebannt und reglos gelauscht, ein Fall von Massenhypnose. Als Hitlerjunge trug er selbstverständlich Uniform mit Hakenkreuz am Ärmel, wie ein Foto aus dieser Zeit belegt. Das sieht zwar erschreckend aus, beweist aber am Arm eines Kindes nichts, hielt ich ihm zugute, eine Normerfüllung, eine Äußerlichkeit, so ist es halt gewesen. Und wenn er sein Pfadfinderzelt im Garten mit Hakenkreuzwimpelchen geradezu spickte, dann musste auch das nicht unbedingt ein Bekenntnis gewesen sein, weil das leuchtende Rot und das schwarze Kreuz auf weißem Grund einfach gut aussahen. Dass aber auch das Mitlaufen und Mitmachen und während des Krieges dann das Mitbangen und Mitfiebern Prägungen hinterließen, das wollte Vater nicht wahrhaben, wenn er davon sprach, all das sei 1945 schlagartig abgetan und erledigt gewesen, das habe niemanden interessiert. Das mag für Ideologien gelten, die immer etwas Geborgtes sind, aber nicht für die Formen, die sie in der Zeit ihrer Herrschaft dem Charakter aufnötigen.

Auch der Bruder meines Vaters, verhängnisvolle vier Jahre älter, gehörte zu den noch einmal Zusammengeflickten. Mit 18 zur Wehrmacht eingezogen und als Infanterist an die Ostfront geschickt, war er dort gleich in den ersten Tagen durch eine explodierende Granate verwundet worden. Er war ein wenig teigig, eher unsportlich, weich und nicht gerade fürs Überleben ausgestattet. Wundersamerweise wurde er jedoch ins Feldlazarett der Heimatstadt verlegt, wo ihn mein Großvater operierte. Mit einem Metalldetektor suchte er den verletzten Arm des Sohnes nach Splittern ab, um sie in mühsamer Kleinarbeit einen nach dem anderen aus dem Gewebe herauszuschneiden. Näher kam er dem Sohn nie als bei diesen Schnitten ins eigene Fleisch und Blut. Nach seiner Rekonvaleszenz musste der Bruder zurück an die Front in der Gegend von Charkow und kehrte nicht mehr wieder. Sein Grabplatz ist unbekannt. Ein amtliches Schreiben meldete seinen Tod, dieses Mal hatten Granatsplitter ihm Kopfverletzungen zugefügt, denen er, vermutlich zu seinem Glück, nach ein paar Tagen im Lazarett erlegen war, so die offizielle Version. Die Angehörigen erhielten nichts als seine Konfirmations-Armbanduhr zurück, die von da an mein Vater trug als Zeichen dafür, dass Tod und Zeitlichkeit ein und dasselbe sind. Die Minuten verticken spurlos, und doch wird jeder Augenblick einmal unser Leben gewesen sein. Vater träumte in den folgenden Wochen wiederholt von seinem Bruder, sah ihn eines Nachmittags gar aus dem Wohnzimmerfenster auf der gegenüberliegenden Straßenseite näher kommen, er erkannte dessen Haltung und Gang, der Bruder trug seine graue Soldatenuniform, und Vater rannte hinunter und auf die Straße, ihm entgegen, aber da war kein Bruder mehr und auch kein anderer Soldat zu sehen.

Das Sprechzimmer war auch der Ort gewesen, an dem Vater die einzige Prügelstrafe seiner Kindheit bezogen hatte. Er war sieben oder acht Jahre alt, als er aus dem Beutel, in dem die Mutter das Haushaltsgeld aufbewahrte, fünf Mark herausnahm, um sich damit ein Spielzeug zu kaufen: einen Motorradfahrer aus Blech, den er ins Haus schmuggelte und unter dem anderen Spielzeug versteckte, dann aber so demonstrativ damit spielte, dass die Sache auffiel. Sein Vater befahl ihn daraufhin ins Sprechzimmer, wo er ihn übers Knie legte und ihm kräftig den Hintern versohlte. Der Motorradfahrer wurde konfisziert, und damit war der Fall erledigt.

Auch ich durfte das Sprechzimmer nur in seltenen Fällen betreten oder wurde hineingerufen, wenn ich etwas ausgefressen hatte. Dann stand ich vor dem Vater, der das Stethoskop in der Brusttasche seines Arztkittels verwahrte, blickte auf den Totenkopf auf seinem Schreibtisch, dessen Schädeldach man aufklappen konnte, um ins Innere zu blicken, und hinter mir hing, wie ich wusste, ein vollständiges menschliches Skelett in einem Chromgestänge, das mit den Knochen klapperte, wenn man daran stieß. So hörte ich mir seine Strafpredigt an, die einem ärztlichen Bulletin glich, mit einer Diagnose, die den Sachverhalt aufnahm, und einer angemessenen Strafe als Therapie. Nicht nur Krankheiten, sondern auch menschliche Verfehlungen erwiesen sich als behandelbar; all die Spritzen, die blitzenden Gerätschaften, die Binden und Pflaster, Salben und Schüsseln unterstrichen diesen Eindruck. Ich blickte schuldbewusst zu Boden, und wenn ich den Raum – halb bedrückt und halb erleichtert – wieder verließ, hörte ich, wie mein Vater ans Waschbecken trat, um sich die Hände zu waschen, wie er es nach jedem Patientenbesuch zu tun pflegte.

Erst in den letzten Jahren hatte ich allmählich begriffen, dass ich, indem ich Bücher schrieb und publizierte, womöglich Dinge tat und lebte, die mein Vater bei sich selbst vermisste. Er liebte Spinozas Ethik, Elegien von Hölderlin, Mörike-Gedichte und die Joseph-Romane von Thomas Mann, näher kam er der Gegenwart nicht, das 20. Jahrhundert interessierte ihn im Grunde schon nicht mehr, doch was er las, las er voller Andacht und Respekt vor dem Dichterwort und immer auf der Suche nach dem, was er »Dichtung von hohem Rang« oder »das Gültige« nannte. Zu Hölderlin hatte er nicht in der Nazizeit, sondern erst in den Tübinger Studentenjahren gefunden, wo er bei Friedrich Beißner und Eduard Spranger Vorlesungen besuchte. Der braune, vaterländisch-heroisch zurechtgemachte Hymnendichter der Feldpostausgaben, die die Soldaten im Tornister mit sich führten, stieß ihn nach dem Krieg eher ab. Im nüchternen Elternhaus hatte Hölderlin keine Rolle gespielt, und so bedurfte es eines merkwürdigen Ereignisses, um ihn auf die Spur zu bringen, bedeutend genug, dass er einen ganzen Brief benötigte, um mir davon zu erzählen.

Diese Geschichte handelte von einem offenbar etwas dicklichen Schulkameraden, einem freundlichen Außenseiter, der nicht besonders auffiel und während der gesamten Schulzeit für sich geblieben war. Mit diesem Gastwirtsohn aus dem Bottwartal war nicht viel anzufangen, auf einem Klassenfoto lugte er mit seinem runden, lächelnden Gesicht zwischen den vor ihm Stehenden hindurch, schon da ein flüchtiger Gast. Viele Jahre später habe er sich im Monrepos-See ertränkt, vielleicht, weil sich niemand um ihn gekümmert habe, wie mein Vater vermutete, wobei er sich Vorwürfe machte, dessen schüchterne Kommunikationsversuche, die womöglich gar ein Liebeswerben gewesen waren, nicht beantwortet zu haben. Nach der Einberufung zur Flak und dem damit verbundenen Auseinanderfallen der Schulklasse im Frühling 1943 hatte Vater ihn nicht wieder gesehen und war deshalb überrascht, als er sechs Jahre und also ein Weltenende später an der Tür des Elternhauses klingelte und ihm mit den Worten »Damit kann ich nichts anfangen, vielleicht ist es was für dich!« ein Buch in die Hand drückte. Bevor mein Vater sich fassen und ihn ins Haus bitten konnte, war er auch schon wieder weg. Das Buch trug die Widmung »meinem ehemaligen lieben Schulkameraden« und als Datum Juli 1949. Die zuvor mitgeteilte Tatsache, dass der Überbringer sich später das Leben genommen habe, machte aus dieser Szene in der Erzählung meines Vaters etwas Schicksalhaftes, Richtungweisendes, als ob es sich um einen göttlichen Sendboten gehandelt habe, dessen irdische Aufgabe allein das Überbringen dieses Buches gewesen wäre, um meinem Vater damit den Weg zu weisen.

Es handelte sich um die Hölderlin-Interpretation von Kurt Hildebrandt, einem George-Jünger, der sich im Nationalsozialismus, wo er erst Parteimitglied geworden und dann zum Professor der Philosophie ernannt worden war, mit Fragen der Rassenhygiene, der Nation als geistiger Einheit, einem germanischen Griechen- oder vielmehr einem griechischen

Germanentum befasst hatte, für das er sich auf Hölderlin stützte. Das war jedoch eben der zurechtgemachte Hölderlin, mit dem mein Vater nichts anfangen konnte, genau wie der Überbringer des Buches, und so dauerte es 66 Jahre und bis ins hohe Alter, bis der Hildebrandt-Band bei ihm zündete, den er, vielleicht nur aus Pietät zum schemenhaften Schulkameraden, nach Kanada mitgenommen hatte. Dann fand er darin die Feier des Panentheismus, der sich Hölderlin, Schelling und Hegel im Tübinger Stift hingegeben hatten. Das kam ihm und seinem Bedürfnis nach All-Einheit entgegen. »Alles ist eins« und »Alles ist in Einem«, schrieb Vater zusammenfassend, und das war es wohl auch, was ihn an der Weite der Natur und der Macht der Berge faszinierte; mit Hölderlin konnte er diesen Anblick göttlichschön, heilig, allbelebend nennen und sich selbst nicht als Gegenüber, sondern als Teil der Natur empfinden. So wurde Hölderlin seine kanadische Meditation, wenn er im Sommergarten saß und beobachtete, wie das Land in den See fiel und wie die Schwäne, *trunken von Küssen*, das Haupt *ins heilignüchterne Wasser* tunkten. Auch die Zeilen *Weh mir, wo nehm ich, wenn / Es Winter ist, die Blumen, und wo / Den Sonnenschein, / Und Schatten der Erde / Die Mauern stehn / Sprachlos und kalt, im Winde / Klirren die Fahnen*, ließen sich umstandslos vom Neckar an den frostigen Arrow Lake übertragen.

Auch wenn Vater mit den Schriftstellern, mit denen ich mich beschäftigte, nicht viel anfangen konnte, nahm er doch großen Anteil an meinen Buchprojekten, wollte wissen, was ich schrieb, und sparte nicht mit Kritik und Anerkennung. Da nannte ich ihn längst wieder Vater, weil er es so wollte, aber mehr noch, weil ich verstanden hatte, dass es das ist, was uns ursprünglich und unhintergehbar verbindet, ganz egal, wie viel oder wie wenig wir miteinander zu tun haben. Der junge Mensch seilt sich im narzisstischen Überschwang seiner Freiheitsillusion von zu Hause ab, bricht mit der Herkunft, um ganz er selbst zu werden. Mit dreißig ist bekanntlich jeder für sein Gesicht verantwortlich, und wer sich dann noch auf Kindheitstraumata beruft, dem ist sowieso nicht zu helfen. Mit fünfzig aber merkte ich, wie die Eltern präsent geblieben sind, wie sie immer mächtiger werden, wie sie körperlich durchbrechen, bis da unübersehbar der Vater aus dem Spiegel blickt und der eigene Geruch auf erschreckende Weise dem väterlichen entspricht, den ich als Kind gar nicht mochte, wenn ich morgens ins Bett der Eltern kroch und zwischen ihnen in der Ritze lag. Es ist sein Schweiß, der aus meinen Drüsen fließt, es ist sein Mund, mit dem ich spreche und küsse, es sind seine Augen, mit denen ich sehe. Ich bin inzwischen alt genug, um mich mit ihm zu verwechseln, wenn ich unsere Kinderbilder nebeneinanderlege. Ist das er? Bin das ich? Ich gehe in ihm verloren, bewahre ihn in mir auf, so ähnlich sind wir uns. Auf beiden Bildern markiert dasselbe Haus mit demselben Garten den Hintergrund, nur der Nussbaum, der in meiner Kindheit riesig gewesen ist, war hinter ihm noch bemitleidenswert zart, eben erst frisch gepflanzt, und seine Fotos, klein und mit gezacktem Rand, verweisen auf eine frühere Epoche. Und doch sieht es so aus, als wäre ich er, wenn ich mit dem Stift in der Hand als Erstklässler dasitze und in die Kamera lächle. Meine Herkunft werde ich nicht los, weil sie mich ausmacht, egal wohin ich fahre. Und deshalb fuhr ich jetzt zu ihm, wo ich nie war, denn da komme ich her.

Ich fragte mich, wie oft er diese Strecke gefahren ist. Meines Wissens war er nicht sehr oft nach Europa zurückgekommen, zu einem Familiengeburtstag vielleicht oder einem Altherrentreffen der Roigel, seiner Tübinger Burschenschaft. Einmal hatte er auch von einer Reise nach Dresden berichtet, der Heimatstadt meiner Stiefmutter, aber das war lange her, seit zehn Jahren reiste er nicht mehr, weil ihm das Gedröhn an Bord überm Atlantik auf die Ohren schlug, weil er die Menschenfülle nicht mehr aushielt, die ihm schon damals, als er auswanderte, zuviel gewesen war. Der mittlere Neckarraum ist viel zu voll, hatte er behauptet, als ob man deshalb gleich ins hinterste Kanada ziehen müsste, die Uckermark, der Schwarzwald oder meinetwegen ein Bergdorf in den Schweizer Alpen sind doch abgeschieden genug. Er hasste es, auf den Straßen Kolonne zu fahren oder im Stau zu stehen, ich erinnere mich gut an die Ungeduld, die ihn hinterm Steuer gepeinigt und in riskante Überholmanöver getrieben hatte. Meine Mutter versuchte ihn dann vom Beifahrersitz aus zu beschwichtigen, »Männle«, sagte sie, denn so nannte sie ihn seltsamerweise, ohne dass dieser Diminutiv ihn erkennbar kränkte, »Männle, fahr langsam«, während ich hinten saß und von dort aus beobachtete, wie er das Lenkrad umklammerte und mit dem Oberkörper vorwärts wippte, wohl im Gefühl, damit den Beschleunigungsvorgang zu unterstützen, wie ein Fußballtrainer, der am Spielfeldrand steht und von dort aus den Kopfballversuch des Mittelstürmers sichtbar mitvollzieht, als könne er so den Ball ins Tor befördern. Auch seine Autoungeduld habe ich von ihm geerbt wie den Körpergeruch und die blauen Augen. Rote Ampeln, die nicht auf Grün schalten wollen, ertrage ich nur schwer, Langsamfahrer, die mir Lebenszeit rauben und die Straße blockieren, foltern mich, als gehe es tatsächlich um Minuten, als müsse man schnell irgendwo ankommen, um etwas zu erledigen, was dann aber nach der Ankunft doch immer unterbleibt.

Schon auf dem Highway bekam ich eine Ahnung von der Urgewalt dieser Landschaft, die jedem Einsamkeitsbedürfnis unendlich viel Raum bietet und jeden Eiligen schon dadurch entschleunigt, dass Geschwindigkeit in dieser Weite sinnlos ist. Dieser Dauer, dieser Größe zu begegnen, macht demütig, macht stumm. An der Geduld des Gebirges zerschellt jede menschliche Ungeduld. Mir fiel der Satz von Heidegger ein, den A. in einem Vortrag zitiert hatte, wonach der Tod das »Gebirg des Seins« sei oder so ähnlich, wobei »Gebirg« vom Verbum bergen her zu denken sei, wie sie erklärte, so dass der Tod aus dem Sein heraus geborgen werden müsste oder umgekehrt das Sein aus dem Tod. Ich dachte daran, wie sie bei solchen Tagungen in ihrem silbergrauen, eleganten Anzug, mit der Lesebrille gerüstet, ans Rednerpult tritt, die Haare streng im Nacken verknotet, und wie es mich dann mit einem absurden Stolz erfüllt, sie so bei der Arbeit zu sehen. Aus dem mir vertrautesten Wesen wird dann eine ferne Frau, die ich mit den Augen all der anderen Zuhörer im Saal betrachte, denen sie, wie sie da in ihrer weißen Bluse steht und spricht, doch genauso unbegreiflich schön erscheinen muss wie mir.

In meinem schwarzen Golf kam ich mir vor wie an Bord eines Ozeandampfers, wenn man tagelang unverändert auf den Horizont starrt, scheinbar bewegungslos, wie festgenagelt auf dem Wasser, um dann doch plötzlich auf der anderen Seite anzukommen. Ich durchfuhr leeren Raum, der durch nichts als Natur gefüllt wird und in dem die Zeit keine Rolle spielt. Es gibt die Jahreszeiten, aber deren Kommen und Gehen vollzieht sich unmerklich, so folgen die Jahre aufeinander und die Menschenleben, alles fließt und vergeht, doch soll man deshalb auf die Uhr schauen? Langsam rückten die Berge nun aber doch näher, und damit näherte ich mich auch meinem Vater, der vielleicht noch lebte, vielleicht schon gestorben war, ließ den toten Dichter und die Malerin hinter mir zurück und damit auch meine Verärgerung über sie und mein fertiges, vermutlich nicht erscheinendes Buch – falls nicht noch ein Wunder geschähe.

Mächtig aufragende Felsen zerschnitten die schneebedeckten Höhen. Sie erhoben sich aus struppigen Nadelwäldern, die den Sockel der Gebirgsflanken überzogen. Der Verkehr nahm allmählich ab, die Straße wurde schmaler und kurvenreicher, hin und wieder schob sich ein gigantischer Truck an mir vorbei, zeigte zuerst seine riesige Schnauze, dann das gewaltig aufragende Auspuffrohr, es gab also in der Abgeschiedenheit hinter den Bergen wohl doch Menschen, die dringend mit all diesen Gütern versorgt werden mussten. Der Highway war eine Pipeline, die, so ähnlich wie die Kapillaren im menschlichen Körper, die äußersten Extremitäten durchzog, und jedes Fahrzeug darauf war ein Blutkörperchen oder – wie ich – ein Botenstoff, auch wenn ich nicht wusste, was ich zu überbringen hätte außer meiner puren Existenz.

Es waren weniger seine Bücher als das Leben des Dichters, das mich für ihn eingenommen hatte: aufgewachsen in einem Künstlerdorf oder vielmehr in dessen verblassendem Mythos, an dessen Verzauberbarkeit er jedoch auch gegen die Übermacht von Kunstgewerbe und Tourismus festhielt. Mit fünfzehn zur See gefahren und Matrose geworden und die Illusion der Freiheit gegen die Wirklichkeit harter Hierarchien an Bord verteidigt. Mit einundzwanzig in einem selbstgebauten Segelboot mutterseelenallein auf große Fahrt in die Südsee aufgebrochen, in Nordafrika gestrandet, den Traum von der Südsee aber fürs Leben bewahrt. Später in aufwendig restaurierten Rettungsbooten und Zirkuswagen gewohnt, in Kreuzberg zuerst ein Straßentheater, dann ein literarisches Sonntagscafé in einer Fabriketage etabliert, mitten drin gewirkt im West-Berlin der 60er, 70er, auch noch der 80er Jahre, was will man mehr, das ist Stoff genug, da kam ich doch selber her, weil auch ich, nachdem ich Anfang der 80er Jahre zugezogen war, den Mauerfall und den Untergang West-Berlins miterlebt hatte und mich seither und im Unterschied zu allen später Eingetroffenen noch als West-Berliner fühlte, dem mit diesem seltsamen, tief in der Vergangenheit versunkenen Inseldasein etwas abhandengekommen ist. Da hatte der Dichter dann also doch seine Insel gefunden, auch wenn diese Metapher nicht wirklich passte, weil die umgebende DDR kein rauschendes Meer, sondern ein erstarrtes Land gewesen ist.

Und doch mag auch diese Rückwärtssehnsucht ein Grund gewesen sein, dass ich mich auf die Sache einließ, auch wenn mir im Unterschied zur Malerin klar war, dass die Welt sicher nicht auf die Biographie eines vergessenen oder vielmehr niemals bekannt gewordenen Dichters wartete. Das Leben am Rand der Gesellschaft, der Entwurf des Daseins als Künstler, ja, als Überlebenskünstler, interessierten mich, eine Existenz, in der es nicht auf Erfolg und Wohlstand ankam und wo Geld nicht wichtig war. Das geteilte Berlin in all seiner irrealen Absurdität ermöglichte solche alternativen Konzepte für Nischenbewohner – in West wie Ost gleichermaßen. Diese unbürgerliche Existenz zog mich an, es war das Unbekannte, das Gegenmodell zu dem, was mir mein Vater vorgelebt hatte, für den Geldanlage, Vermögensvermehrung, Aktiengeschäfte stets von allergrößter Wichtigkeit gewesen waren. Und während der Dichter leibhaftig zur See gefahren war, hatte mein Vater einmal Anteile an einer Reederei erworben, die kurz darauf Pleite ging, oder an einem Frachter, der dann sank, und er musste sich unseren Spott über die versenkte Investition anhören, weil die Schiffsschrauben oder die Stückchen von der Reling, die ihm gehörten, auf dem Grund des Meeres verrosteten. Ich hätte von dieser Geschichte gewarnt sein müssen, glaubte aber, es besser zu machen, als mein Bankberater mir vor ein paar Jahren einen Schiffsfonds empfahl, weil das absolut sicher sei und weil es so viele interessante Anlagemöglichkeiten gebe, anstatt einfach nur Aktien. Das Schiff sollte Ölplattformen vor Brasilien beliefern, bekam dann aber mit sinkenden Ölpreisen keine Aufträge mehr, wurde verkauft, dann trockengelegt und abgewrackt, das Geld war futsch.

Jetzt, im Wissen um die Vergeblichkeit der zweijährigen Arbeit an der Biographie des Dichters, musste ich begreifen, wie mir A. immer wieder nachdrücklich klarmachte, dass das Schreiben und die Lebenszeit ihren Sinn allein aus sich selbst und nicht aus der Entlohnung beziehen. Sie will in mir nicht nur den textproduzierenden Kleinunternehmer sehen, sondern den Schreibenden, der aus dem Schreiben heraus lebt. Denn das ist auch die Bedingung ihrer eigenen Existenz als Philosophin, die damit zwar ihr Geld verdient, vor allem und in Abwandlung von Husserls Diktum (Zurück zu den Sachen) jedoch unentwegt »Sache machen« möchte, wie sie das nennt. Dass sie Philosophie nicht einfach bloß als Beruf betreibt, sondern leibt und lebt, hat sie für mich von Anfang an zu einer Art Künstlerin werden lassen, die an der Intensivierung des Daseins durch Denken arbeitet. Denn Denken, das Geschäft der Philosophie, bedeutet ja nicht, sich von dem, was einem täglich widerfährt, reflektierend zu distanzieren, sondern es zu durchdringen und auf diese Weise intensiver zu erleben – jedenfalls soweit man den sich einstellenden Gedanken trauen und folgen darf, die manchmal auch bloß wie eine Maschine vor sich hin rattern oder wie ein verrückt gewordenes Eichhörnchen im Kreis laufen. »Du hast doch etwas gelernt dabei, es war nicht vergeblich, auch wenn es umsonst gewesen ist«, sagte sie. »Wer weiß, was daraus noch entstehen kann.«

Auch die Liebe zwischen Dichter und Malerin sah ich als Gegenentwurf zur bürgerlichen Ehe und ihre entschlossene Kinderlosigkeit als Konsequenz ihrer gemeinsamen Entscheidung für die Kunst. Sie brauchten keine Kinder – sie waren selber welche in ihrer königlichen Naivität. *Königskinder* war sogar lange Zeit mein Arbeitstitel gewesen, nachdem die Malerin mir von ihrer Kindheit in einem Schwarzwalddorf und von ihrer Mutter erzählt hatte, die häufig zu ihr gesagt habe: »Du bist ein Königskind!«, um dann, nach einer kleinen Kunstpause zu ergänzen: »Aber alle anderen Kinder auch.« Ich wollte wissen, welche Beziehung die Malerin und der Dichter in Bild und Wort eingingen, wie sie sich in ihren Tätigkeiten befruchteten, wo die beiden sich hemmten, wo sie sich stärkten, weil ich selbst in der Umbruchphase, in der ich steckte, damals noch nicht wusste, wohin mich das führen würde, und weil ich gerade erlebte, was es bedeutet, sich gemeinsam zu verändern, und welcher Irrsinn es ist, alles Gewohnte aufzugeben und ganz neu anzufangen. Das war schmerzhaft, das Verlassenmüssen, das sich daraus ergab, ebenso wie das Liebendürfen, und ich dachte darüber nach, was zwei Menschen ein Leben lang zusammenhält, wo es doch immer nur die Augenblicke sind, die uns tragen. Dauer war durchaus mein Wunsch und kindliches Ideal. Schon meine allerersten Liebesversuche mit vierzehn oder fünfzehn hatte ich in der festen Überzeugung angetreten, dass es für immer und ewig wäre, wie denn anders, Zusammengehörigkeit kennt keine Frist. Dieses Ewigkeitsbedürfnis blieb unbelehrbar, über alle gegenteiligen Erfahrungen hinweg, und ungebrochen hielt ich weiter an dieser kindlich-königlichen Naivität fest, trotz der unvermeidlichen Trennung und obwohl sich täglich alles zu verändern und neu auszurichten schien. Nichts stand fest, es ließ sich nichts versprechen, und ich begriff, dass es Dauer paradoxerweise nur im Werden, im Wandel, im Wachsen geben kann. Ich erfuhr, was es heißt, einem Menschen zu begegnen und – noch ohne das formulieren zu können – sehr genau zu wissen, dass diese Begegnung unausweichlich ist. Ich empfand das nicht als Untreue, sondern als Treueverschiebung, weil das bisherige Leben fortzuführen bedeutet hätte, es im Zeichen des Verzichts zu tun und darin womöglich bitter zu werden. Ich litt darunter, dass der Aufbruch den Wortbruch voraussetzt, dass ich meiner Frau wehtun musste, aber es konnte nicht anders sein, ich musste gehen um – anders – weiterzuleben.

Schon damals, als ich bei der Malerin anrief, um ihr zu sagen, dass die Geschichte mich reizen würde, wollte ich etwas anderes als sie. Sie wollte das Andenken ihres toten Lebensgefährten geadelt sehen, wollte ihn endlich ins rechte Licht gerückt wissen und der Welt einen Dichter schenken, den es noch zu entdecken galt. Ich sah die skurrile Figur, den liebenswerten Sonderling, und sah vor allem ihr gemeinsames Leben. Sie wollte eine germanistische Würdigung seines Werkes, ich wollte einen Roman über ihre Liebe, ihre künstlerische Gemeinschaft schreiben, weil die Liebe das Hauptwerk ist und weil sich jedes Leben, auch das eigene, in einen Roman verwandelt, sobald man es erzählt. So war es mir ja auch mit A. ergangen, seit wir einander zu schreiben und später miteinander zu leben begonnen hatten; schreibend erfanden wir uns als Liebende, und also liebten wir uns. Lesend kamen wir einander nah, und also erzählten wir und hörten nicht mehr damit auf. Die Liebe war ein Kunstwerk, das wir gemeinsam schufen, ein Lebewesen, das wir mit Worten fütterten wie einen Hund, der unter unserer Zuwendung wuchs und gedieh und der knurrte und vor sich hin kümmerte, wenn wir ihm nicht genug Aufmerksamkeit schenkten. Das gilt noch viel mehr, seit wir zusammenleben und versuchen, den Alltag zu meistern, der mit seinen Forderungen, Pflichten, Notwendigkeiten keine Rücksicht auf dieses Gedeihen nimmt. Aber die Liebe ist kein Luxus, darf es nicht sein. Sie ist nichts, was man sich leisten können muss jenseits des Broterwerbs, sondern die Kraft, die das Leben überhaupt erst lebenswert macht.

Dabei hatte ich immer gedacht, mir könnte so etwas wie meinen Eltern nicht passieren, deren fürchterliche Scheidung hätte mich dagegen immunisiert, mich trennen zu müssen, und vielleicht hatte ich mir den Dichter und die Malerin ja bloß deshalb ausgesucht, weil sie es geschafft hatten, zusammenzubleiben bis zu seinem Tod und darüber hinaus. Sie mussten dafür nicht verheiratet sein, die Malerin hatte alle Bemühungen des Dichters in diese Richtung stets abgewiesen, der am liebsten eine jiddische Hochzeit in Galizien mit ihr gefeiert hätte, weil er glaubte, eine jüdische Seele in sich zu beherbergen. So hatte sie es mir einmal geschildert, dann aber aus meinem Text herausgestrichen und seinen Sehnsuchtsort Czernowitz durch Berlin, also den Wunsch durch die Wirklichkeit ersetzt. Das war, ob wahr oder falsch, auf jeden Fall die langweiligere Version, denn eine Schtetl-Hochzeit mit Geigen und Klarinetten und Tanz vor der Scheune hätte gut zu ihm gepasst, der Chagall liebte und sich der poetischen Landschaft Galiziens zugehörig fühlte.

Für die Malerin blieb Ungebundenheit die Grundbedingung ihrer Verbindung. Dazu gehörte die ökonomische Unabhängigkeit genauso wie die künstlerische Eigenständigkeit und eine eigene Wohnung. Er hatte sein sogenanntes »Kabuff« als Rückzugsort, ein Zimmerchen auf halber Treppe, zwei Etagen unter ihr, und zudem im Dorf seiner Kindheit, das er nie ganz verlassen konnte, seine Zirkuswagen und die Schiffe, die er restaurierte, so dass er sich auch dorthin zurückziehen konnte, wenn der graue Himmel über Berlin, der im Kreuzberger Hinterhof zum Viereck schrumpfte, ihm schwer wie ein Gullydeckel auf der Seele lastete. Der Dichter und die Malerin waren in demonstrativer Unabhängigkeit aneinander gebunden. Er, der Retter der Rettungsboote, brauchte sie, die ihn rettete, wenn er wieder einmal im Delirium versank, ihre Angst um ihn machte ihn stark, und sie brauchte jemanden, den sie retten konnte und den sie, weit über seinen Tod hinaus und bis in die Gegenwart, nicht mehr aus ihrem Zuständigkeitsbereich entließ. Sie hatte ihn in Besitz genommen, jetzt, wo er sich nicht mehr wehren konnte, und führte deshalb auch die Regie über sein Leben.

Über meine Eltern konnte die Trennung nur als Katastrophe hereinbrechen, weil so etwas in ihren Begriffen vom Leben nicht vorgesehen war. Und doch hatte meine Mutter sich in eine nur schlecht verborgene Liebschaft mit ihrem Klavierlehrer gestürzt, von der mein Vater nur deshalb nichts ahnte, weil so etwas nicht denkbar war. Dabei hatte sie es ihm sofort gebeichtet, als es in der Klavierstunde zu einem ersten Kuss gekommen war, zu einer fast zwangsläufigen Annäherung, die sich aus der Erotik des vierhändigen Musizierens ergab. Mein Vater habe diese Mitteilung mit Gelächter quittiert – so jedenfalls die spätere Erzählung meiner Mutter, der ich ebenso blindlings folgte, wie ich dann auch den Erzählungen der Malerin gefolgt bin –, ein Gelächter, das sie erniedrigt habe, weil sie sich nicht ernst genommen fühlte. Alle weiteren Anzeichen einer Liebschaft ignorierte er, um sie durch Nichtzurkenntnisnahme aus der Welt zu schaffen, so dass es Jahre dauerte, bis er einen Liebesbrief in Mutters Schürzentasche fand, der ihn schockartig mit den Tatsachen konfrontierte. Er geriet in Panik, verlangte erst eine Erklärung, dann eine Entscheidung, aber eben das konnte sie nicht, weil sie ihre Liebe nicht aufgeben wollte, die Ehe aber auch nicht, denn das verbot ihr schon ihre protestantische Moral, und so ging beides weiter, Ehe und Liebschaft, eine endlose Hängepartie. Der Klavierlehrer, ein eher knöcherner, spät berufener Professor und Mitglied im Geheimbund der Freimaurer, erschien weiter zu Hausbesuchen und blieb auch zum gemeinsamen Abendessen, offiziell war er ja nichts anderes als der Klavierlehrer, auch wenn alle Beteiligten – ich, das Kind, am wenigsten – wussten, dass sie bei Tisch ein schlechtes Theaterstück aufführten. Mutter sah in ihm den Künstler, der ihre romantische, musikalische Seite ansprach, so dass sie bei ihm oder bei der Vorstellung, die sie sich von ihm machte, aufblühte. Sie suchte die großen Gefühle, für die er, der Bach auf der Tastatur eher mathematisch zerlegte, als ihn zum Klingen zu bringen, weder musisch noch optisch geeignet schien, wenn er mit seiner Aktentasche unterm Arm und unbeholfen wie ein Finanzbuchhalter durch die Welt spazierte.

Die jahrelange Demütigung, die Vater tief genug in sich verbarg, um sie auch selber nicht wahrhaben zu müssen, brach schließlich im finalen Racheakt hervor, als er Mutter, die sich auch auf sein Ultimatum hin zu nichts entschließen konnte, vor vollendete Tatsachen stellte, indem er ihr ihre Nachfolgerin präsentierte. Es handelte sich um eine Frau, die er auf einer seiner Hochgebirgstouren im Himalaya kennengelernt hatte und die ihm dort bei den Bergbesteigungen offenbar eine Gesprächspartnerin gewesen war, soweit man in dünner Luft auf 6000 Metern Höhe überhaupt Gespräche führt. Für ihn waren diese Expeditionen das, was meiner Mutter das Klavierspiel war, Ausflüchte aus der Tiefebene des Alltags in höhere Regionen, die sie mit der Seele und er mit dem Körper suchte. Es sei damals nichts zwischen ihnen gewesen, behauptete Vater, als er mir die neue Frau ankündigte, die dann auch kurz darauf bei uns erschien.

Er hatte ihr, an die gemeinsame Reise anknüpfend, einen Brief geschrieben und ganz direkt gefragt, ob sie bereit sei, seinen Haushalt zu führen, spätere Heirat nicht ausgeschlossen. Mutter bezog das Ehebett frisch mit rot gemustertem Bettzeug, sie selbst schlief schon seit Jahren in einem separaten Zimmer, das sie sich mit einem Biedermeierschreibtisch und einem mit lindgrünem Samt bezogenen französischen Bett eingerichtet hatte. Gemeinsam begrüßten wir die Neue, die gleich Küche und Bad inspizierte, Mutter weinend, ich mit der Ungerührtheit des Pubertierenden, und so absolvierten wir auch einen gemeinsamen Spaziergang oberhalb des Neckars, ich immer ein paar Schritte hinter den Erwachsenen, so dass ich sie noch heute schemenhaft vor mir sehe: Vater in der Mitte, die Neue links und Mutter rechts, und natürlich sympathisierte ich mit Mutter, wie nicht, sie war die schönere Frau, zierlich, dunkel, grünäugig, elegant, während die Neue plump wirkte, sächsischen Akzent sprach und eine burschikose Ponyfrisur trug, als wolle sie jede erotische Möglichkeit von vornherein ausschließen. Aber das sah nur so aus; Mutter weinte die ganze Nacht, kurz darauf zog sie aus und übersiedelte in unser Wochenenddomizil, einen Fertighaus-Bungalow in einem Dorf im nördlichen Schwarzwald, der Mitte der 60er Jahre entstanden war, was mir als Fünfjährigem die Gelegenheit gegeben hatte, im Rohbau herumzukraxeln, bevor wir dann alle Wochenenden und sehr viele Sommerferien dort verbrachten und das Haus und die mit dem Fahrrad erkundete Gegend mir allmählich zur zweiten, ja, zur ersten Heimat geworden war.

Wenn ich heute von der Kindheit träume, dann meistens von diesem Haus und dem in eine Obstwiese übergehenden Garten. Den weiten Blick hangabwärts über Wiesen und Wald bis zur fernen Kette der Schwäbischen Alb genieße ich nun wieder da, wo ich mit A. und dem Jungen noch ein wenig ungelenk als Familie lebe, die Alb ist in Tübingen näher gerückt, aber es ist doch dasselbe magische Gefühl einer Ferne-Sehnsucht, in dem die Erinnerungen an die Kindheit eingeschlossen sind wie die Fossilien in den Versteinerungen, die wir damals bei Wanderungen auf der Alb in solcher Fülle fanden, dass ich eine ganze Kiste mit Würmern, Muscheln und Schnecken besaß, die ich im Sommer vor der Tür des Schwarzwaldhauses in der Sonne wärmte.

Die Neue traf am Tag des Auszugs meiner Mutter ein, der Betrieb ging nahtlos weiter, doch auch wenn sie sich Mühe gab und ganz ordentlich kochte, hatte sie längst verloren, und ich war der Störenfried, der das Paar in seiner Gründungsphase als missmutiger Zeuge beobachtete. »Liebste« hätte mein Vater seine zukünftige Ehefrau niemals genannt, an andere Kosenamen kann ich mich ebenso wenig erinnern, sie sprachen sich einfach mit ihren Vornamen an und hielten sich auch mit Umarmungen in meiner Gegenwart zurück. Meine Anwesenheit müssen sie als eine einzige große Behinderung erlebt haben, nichts Schlimmeres als ein Kind, wenn zwei Menschen gerade damit beschäftigt sind, die Grundlagen ihrer Beziehung auszuloten. Eltern müssen ihre Kinder ertragen; das ist von der Natur so vorgeschrieben, und später machen dann die Kinder den Eltern Vorwürfe, während die Frage, ob man selber ein erträgliches Kind gewesen ist, nur selten gestellt wird. Ich weiß nicht, wie unerträglich ich gewesen bin, auch wenn ich mich als durchaus umgänglich empfand. Ich hätte auch mit meiner Mutter weggehen können, wollte aber die Schule und die Freunde nicht verlassen und scheute davor zurück, in ein Schwarzwalddorf zu ziehen und dort mit ihr und dem Klavierlehrer zu leben. Indem ich mich dagegen entschied – und die Eltern gaben mir diese Entscheidungsfreiheit – blieb ich bei meinem Vater und der Neuen, die jedoch spürten, dass ich sie in der Lieblosigkeit ihres Beginnens missbilligte, eine Zweckgemeinschaft, die der Neuen gesellschaftlichen Aufstieg als Arztfrau versprach und Vater, der sich nicht einmal ein Spiegelei zubereiten konnte, eine Haushälterin garantierte. Die Liebe würde sich gelingendenfalls schon einstellen, das war schon immer sein Credo gewesen, Gefühle seien keine guten Ratgeber, sagte er, was man schon daran erkennen könne, dass die Ehen, die in früheren Zeiten geschlossen wurden, als noch die Eltern die Partnerwahl für ihre Kinder trafen und darauf achteten, dass sie auch gut versorgt würden, sicher nicht schlechter verliefen als heute, wo jeder frei entscheiden wolle und in seiner Freiheit unglücklich werde. Dass er damit falsch lag, war mir damals schon klar, auch wenn ich noch nicht wusste, dass jeder Mensch das Recht hat, auf seine Weise unglücklich zu werden.

Das hätte mein Vater auch selbst wissen können, war er doch in dem ihm von seinem Vater übertragenen Beruf auf seine Weise unglücklich geworden. Seine Ehe hatte er dann aber gegen seinen Vater durchgesetzt, der, als meine Mutter zum Antrittsbesuch bei seinen Eltern erschien, ihm dringend von dieser Frau abriet, weil sie einen Herzfehler habe und ihm deshalb keine Kinder gebären könne. Reizend und wohlerzogen war sie, keine Frage, aber eben nicht gesund. In einer Arztfamilie legt man Wert auf diese Dinge, erstellt eine brauchbare Anamnese und rechnet rasch Kosten und Mitgift mit der Lebenserwartung hoch. Vaters Liebe triumphierte damals über das ärztliche Gutachten, das aber dennoch korrekt war, denn Mutter ruinierte sich ihr krankes Herz endgültig, indem sie mich gegen jede medizinische Vernunft zur Welt brachte.

Er muss verrückt nach ihr gewesen sein und ihr von Anfang an die Treue gehalten haben, nachdem er sie auf einem Ball der Roigel in Tübingen von Arztsohn zu Arzttochter kennengelernt und mit ihr getanzt hatte. Später, wenn er davon erzählte, war stets von dem »reizenden Schutenhut« die Rede, den sie dabei trug und der sie offenbar unwiderstehlich machte. Dass sie kurz darauf als Au-Pair-Mädchen für ein Jahr nach Südfrankreich ging, hielt ihn nicht ab; er schrieb ihr lange Briefe über seine Lektüren und Gedanken, während sie sich in der Provence unglücklich in einen Dorfschullehrer verliebte, der sein eingefleischtes Junggesellentum wegen ihr nicht aufgeben wollte, vielleicht war er schwul, ohne dass meine Mutter, die seine zarte Zuneigung missverstand, etwas davon ahnte. Nach ihrer Rückkehr gab sie dem Werben meines Vaters nach. Auf den Hochzeitsfotos sind sie ein schönes, strahlendes Paar, dabei muss in ihr – so jedenfalls ihre Darstellung im Rückblick – schon damals ein winziger Zweifel genistet haben, der sich dann im Lauf der Jahre zum Abgrund auswuchs. Der Dorfschullehrer meldete sich hin und wieder bei ihr, er schrieb auf Papier, das einen dezenten, provenzalischen Lavendelgeruch verströmte, sie schrieb ihm in ihrer fließenden, viel Raum beanspruchenden Handschrift zurück, auf die sie so stolz war, und freute sich daran, in die französische Sprache einzutauchen. Es blieb ein schüchternes Liebesverhältnis, und einmal fuhren wir in den Sommerferien, die wir in Frankreich verbrachten, bei ihm vorbei, spazierten unter Zypressen an einem Kanal entlang, über dem die Hitze flirrte, tranken bei ihm zu Hause in einem dämmrigen Zimmer Kaffee, Mutter saß zwischen meinem Vater und dem Dorfschullehrer, der einen struppigen, rotblonden Vollbart trug, und hinter den Fenstern ergoss sich der gleißend helle Nachmittag über die Felder wie auf einem Gemälde van Goghs.

Zu meinem 49. Geburtstag hat mein Vater mir meine Geburt nacherzählt, weil sieben mal sieben eine so schöne Zahl ergäbe. Erst später fiel mir auf, dass sein Vater genau 49 Jahre älter gewesen war als er und dass sich vielleicht von daher die Magie dieser Zahl erklärte. »Es ist sichtlich so«, schrieb er, »ich bin alt, und du wirst älter.« Das hatte ich mir gemerkt, weil »älter« in diesem Zusammenhang jünger ist als alt, und ungefähr da muss es gewesen sein, dass er seine Mails mit »dein alter Vater« und ein paar Jahre später mit »dein uralter Vater« zu unterschreiben begann. Mutter habe darauf bestanden, die Schwangerschaft auszutragen, was dank einer Haushaltshilfe, eines jungen Mädchens von der Schwäbischen Alb, auch einigermaßen komplikationslos gelang. Ich sei sehr lebhaft gewesen im Mutterleib, hätte geboxt und gestaucht, dass sich die Bauchdecke vorwölbte und man Händchen und Füßchen umfassen konnte. Auch die Herztöne waren zu hören, wenn Vater das Stethoskop ansetzte. Die Geburt fand auf Mutters Wunsch zu Hause statt, also auf der Untersuchungsliege im Behandlungsraum. Das Polster wurde von einer Gummimatte geschützt, obwohl es leicht abwaschbar war. In den folgenden Jahren gehörte diese Liege zu meinen bevorzugten Spielplätzen, sie war schön glatt, ich konnte Autos darauf fahren lassen, abends, wenn keine Patienten mehr da waren, oder in der Mittagspause, falls ich von der Sprechstundenhilfe geduldet wurde.

Gerne versteckte ich mich dann hinter den dicken, bodenlangen Vorhängen, die den Röntgenapparat umgaben – ein Gerät, das die gusseiserne Robustheit des 19. Jahrhunderts bewahrte. Es besaß interessante Kurbeln und Räder zur Justierung. Mein Vater trug, wenn er daran arbeitete, eine gewaltige Bleischürze, die ihm das Aussehen eines Schlachters verlieh, das mir vertraut war, weil mein Schulweg am Schlachthaus mitten in der Stadt vorbeiführte. Dort wurden morgens Schweine angeliefert, die sich mit allen vieren und laut quiekend ihrem Schicksal entgegenstemmten, während sie von Männern in blutigen Schürzen an den Ohren von der Ladefläche heruntergezerrt wurden. Mehr noch als Vaters Bleischürze interessierte mich die aus schwerem, dunklem Holz gefertigte Rückwand des Röntgenapparats, die sich auch in horizontale Lage bringen ließ, wenn Aufnahmen von gebrochenen Beinen oder arthritischen Hüften in vorzugsweise liegender Position gemacht werden mussten. Der Vorhang, bleidurchwirkt und viel zu schwer, um vom Luftzug bewegt zu werden, hatte etwas Theaterhaftes. Wenn ich dahinter im dunklen Versteck lauerte, dann war die Angst, die mich dort überfiel, nur zu ertragen in der Vorfreude auf den überraschenden Auftritt, den ich gleich haben würde. Die Sprechstundenhilfe tat dann immer so, als hätte ich sie furchtbar erschreckt, ließ sich aber von ihrer Arbeit nicht abhalten. Dann saß ich auf einem Hocker neben ihr und sah ihr dabei zu, wie sie mit Blut gefüllte Reagenzgläser in die Zentrifuge stellte. Fünf Minuten musste das Blut geschleudert werden. Ich versuchte vergeblich, die einzelnen Röhrchen mit den Augen zu verfolgen. Sie drehten sich so schnell, dass sie zu einer Scheibe verschmolzen, und erst wenn das Gerät abschaltete, kamen die Teile wieder zu sich. Das Blut hatte sich dann verwandelt. Das Dicke saß unten und sah nun schwarz und klebrig aus. Darüber stand eine gelbliche Schicht, ganz oben war die Flüssigkeit klar wie Wasser. »Das sind die Hämatokritwerte«, sagte die Arzthelferin, die sorgfältig Zahlen in vorgedruckte Tabellen schrieb.

Vater hatte an der Haustür ein Schild mit der Aufschrift »Heute keine Sprechstunde« angebracht. Leichte Wehen hatten am Vormittag eingesetzt, die nach der Mittagsruhe rasch stärker wurden. Die Wöchnerin, eine Freundin meiner Mutter, und bald auch die Hebamme standen bereit, aus dem Krankenhaus traf der Oberarzt der Frauenabteilung ein, ein Schulfreund des gefallenen Bruders meines Vaters. Ihm blieb kaum Zeit, sich die Hände zu waschen und zu desinfizieren und seine Gummihandschuhe überzustreifen, da war ich nach einigen wenigen Presswehen auch schon da und wurde mit dem Kopf nach unten an den Beinen hochgehalten. Dass meine erste Handlung darin bestand, auf Mutters Bauch zu pinkeln, schrieb Vater nicht; das wusste ich von ihr. Verbürgt ist auf jeden Fall, dass mein Großvater aus dem ersten Stock herunterkam und eine Sektflasche entkorkte, um auf das Eintreffen des Stammhalters anzustoßen. Ich war ein Junge, und das war Großvater bei weitem wichtiger als meinem Vater, der, wie er behauptete, auch ein Mädchen gern genommen hätte.

Mutter lag in der Folgezeit viel, atmete schwer, konnte nicht bergauf und keine Treppen steigen, was sich in Vaters Elternhaus, das dann auch mein Elternhaus wurde, besonders fatal auswirkte. Im ersten Stock lebten meine Großeltern und meine Tante. An den Großvater habe ich allerdings keine eigenen Erinnerungen; er starb, als ich zwei Jahre alt war. Die Schlafzimmer und das Bad waren im Dachgeschoss untergebracht, so dass Mutter sich jahrelang jeden Abend von meinem Vater huckepack auf dem Rücken nach oben tragen lassen musste, wo er sie dann – wie sie rückblickend behauptete – lieblos aufs Bett habe fallen lassen. Er wiederum erinnerte sich daran, ihr immer wieder das Leben gerettet zu haben, wenn er ihr bei nächtlichen Herzattacken mit Spritzen half, sie bei Thrombosen zur Ader ließ und einmal auch, als sie zu ersticken drohte, ihre Luftröhre öffnete. Vielleicht hat ihn das dazu verleitet, von ihr eine gewisse Dankbarkeit zu erwarten. Vielleicht grollte er ihr aber auch, weil sie ihn dazu zwang, mehr ihr Arzt als ihr Liebhaber zu sein. Es muss dramatische Szenen in ihrem Schlafzimmer gegeben haben, während ich ahnungslos nebenan in meinem Kinderbettchen schlummerte.

Auch als Mutter einer komplizierten Herzoperation unterzogen wurde, hielt man vor dem dann Zehnjährigen geheim, dass sie vier lange Tage im Koma lag, höchst ungewiss, ob sie es noch einmal zurück ins Leben schaffen würde. Mein Vater saß die ganze Zeit an ihrem Bett in einer Spezialklinik in Heidelberg, wachte, hoffte und streichelte ihr Gesicht und ihre Hände und muss dabei erlebt haben, wie weit sie sich von ihm entfernte. Als sie wiederkehrte, zeigte sie mir eine gruselige Narbe überm aufgesägten Brustbein, und ihre Augen schienen mir größer, leuchtender und inniger geworden zu sein, irgendwie jenseitig, als könnte sie durch die Oberfläche der Dinge blicken. Sie freundete sich mit ihrer Krankengymnastin an, die ihr zu einer treuen Begleiterin in den Jahren der Trennung wurde und die den Klavierlehrer ihrerseits als Künstler verehrte, so dass sich daraus eine ménage à trois ergab mit der Krankengymnastin als verständnisvoller Beraterin.

Seit der Operation habe Mutter sich verändert, erklärte Vater mir nach der Scheidung in einem, wie ich fand, entsetzlichen Brief. Die mangelnde Durchblutung ihres Gehirns während der Stunden an der Herz-Lungen-Maschine habe ihr Moralzentrum beschädigt und aus ihr eine spinnerte Esoterikerin gemacht, die sich mit Engeln und mit Anthroposophie beschäftigte, sie sei abgedriftet aus der Wirklichkeit, und dazu gehöre eben auch, dass die Liebe zum Klavierlehrer, den Vater immer nur abschätzig »der Künschtler« nannte, für sie zum zentralen Ankerplatz ihrer Sehnsüchte werden konnte. Das Wahnhafte, das ebenso wie das Wahrhafte in jeder Liebe steckt, war Vater fremd. Er suchte nach Gründen, als ob ihre Todeserfahrung nicht hinreichende Gründe geliefert hätte, weil meine Mutter danach keine Halbheiten mehr zulassen, sondern in der ihr zugemessenen Frist von höchstens zehn Jahren aufs Ganze gehen wollte, und das war ihre Liebe, unabhängig davon, als wie wahnhaft, haltbar oder unhaltbar auch immer sie sich erweisen würde, unabhängig auch davon, dass ihr Moralzentrum keineswegs zerstört worden war, weil der pietistische Kern ihres Empfindens, den sie in ihrer oberschwäbischen Kindheit eingepflanzt bekommen hatte, sich als äußerst haltbar erwies, haltbarer als ihr Herz. Dies aber machte sie von innen heraus handlungsunfähig, denn das, was sie ersehnte, war ihr zugleich verboten. Auch körperlich war sie zu schwach, um aufs Ganze oder eben einfach nur weg zu gehen, und deshalb blieb sie, unentschieden und auf mich verweisend, den Halbwüchsigen, den sie nicht verlassen und verraten wollte, bis mein Vater sie dann endlich rauswarf und der Sache ein Ende machte. Was folgte, war eine jahrelange Schlacht der Anwälte, in der es um Unterhalt und das Haus im Schwarzwald ging; jede Anwaltspost erlebte Mutter als Attacke, die Anwälte waren Waffen, dazu da, dem anderen Schmerz zuzufügen.

Und doch lag meine Mutter wohl daneben, wenn sie in Vater nur den Rationalisten erblickte, einen Mann der Vernunft, dem es an einem geeigneten Zugang zu seinen Gefühlen mangelte. Dann hätte er es wohl kaum mit Hölderlin gehalten, der doch wie kein zweiter Dichter für einen ganz und gar jenseits aller Vernunft angesiedelten Überschwang stand, wenn er das Erscheinen der verschwundenen Götter beschwor und sich im Wahnsinn verlor, der für meinen Vater aber kein Wahnsinn war. Darin folgte er dem französischen Germanisten Pierre Bertaux, der in Hölderlin den Jakobiner sah, der die Geisteskrankheit nur vorgetäuscht habe, um sich dahinter zu verbergen und politischer Verfolgung zu entgehen. Jedenfalls gab es bei Hölderlin keine klar zu bezeichnende Grenze zwischen Wahn und Wirklichkeit, vielmehr einen Hang zur Entgrenzung, den Vater ihm zumindest durchgehen ließ. Auch C.G.Jung war ein Autor, den er viel las, bevor er mit all seinen Archetypen zum Hausheiligen meiner Mutter wurde; vermutlich sind sie sich nicht nur darin näher gewesen, als sie nach der Trennung zu glauben imstande waren. Bei Mutter standen nach ihrem Auszug Jungs *Gesammelte Werke* hinter Glas im Sekretär in ihrem Schlafzimmer, dicke, in grünes Leinen gebundene Bände mit goldenem Aufdruck, die sie, ausgerüstet mit einem Bleistift, penibel durcharbeitete, um mit den Jungschen Koordinaten Denken, Fühlen, Empfinden und Intuition ihre »Anima« und ihre »Persona« auszuloten, in die psychologische Typenlehre einzutauchen und vor allem ihre christlich fundierten Schuldgefühle zu überwinden. Zu diesem Zweck fuhr sie dann auch regelmäßig nach Zürich, wo sie bei einem Jungianer eine Psychoanalyse begann. In langen Briefen, die sie mir schrieb, machte sie immer wieder Andeutungen darüber, in welche Tiefen sie dort abgetaucht wäre; »ach du, mein Sohn«, schrieb sie in einem Tonfall, der Klage und Stolz und Lebensschmerz gleichermaßen anklingen ließ, denn tatsächlich handelte es sich bei diesen Exkursionen ins Ausland um Reisen mit ungewissem Ausgang.

Der Highway hatte nun doch den Fuß der Berge erreicht und führte zwischen ihnen in ein Tal hinein. Es machte nicht den Eindruck, als könne man dieses Gebirge durchqueren, sondern nur hoffen, hinter der nächsten Höhe auf ein weiteres, langgezogenes Tal zu treffen und sich immer tiefer hineinzuwinden in diese Landschaft, die weder Horizont noch Anfang und Ende kannte. Rechts der Straße ragten steile Felswände auf, vor mir erhob sich ein Gebirgsmassiv, das aussah wie eine Schichttorte aus Felsen, Geröll, Eis und Schnee. Links breitete sich schütterer Nadelwald mit vielen abgestorbenen Stämmen aus. Es war leicht vorstellbar, wie das dürre Holz in der Sommerhitze in Flammen aufgeht, eine Angst, die meinen Vater hartnäckig begleitete, denn er konnte nur hoffen, dass es ihn und sein Haus nicht träfe, und auch wenn sein Tal verschont blieb, roch er die brandige Luft und glaubte, der Himmel habe sich schon verdunkelt.

Ich bog auf einen Rastplatz ab, auf dem zwei chromblitzende Trucks und ein überdimensionaler Pickup standen, Menschen waren keine zu sehen, als wäre es hier üblich, auch die Pausen sicherheitshalber im Fahrzeug zu verbringen. Allerdings gab es Toilettenhäuschen, in denen sich schlichte Plumpsklos verbargen, und daneben Mülleimermonster mit komplizierten Schließvorrichtungen, die auch von den klügsten Bären mit bloßen Tatzen nicht geöffnet werden konnten. Neben der viel zu großen und angesichts des Gebirges dennoch winzigen Asphaltfläche stand eine Sitzbank, umgeben von dekorativen Felsblöcken, die andernorts schroff gewirkt hätten, hier aber wie verlorenes Kinderspielzeug herumlagen. Ich schrieb A. ein paar Zeilen und schickte ihr ein Foto der Bergkulisse, fand dann, als das Postfach sich aktualisierte, auch eine Mail von ihr vor, die sie erst vor wenigen Minuten abgeschickt hatte, und schon ihr Name in der Absenderzeile ließ mein Herz schneller schlagen, weil ich wusste, dass sie in diesem Moment an mich dachte und dass sie mit mir unterwegs war. Ich aß ein Sandwich, noch vom Flughafen, trank einen Schluck Wasser und setzte mich wieder hinters Steuer, ausgespuckt und abgewiesen von der Strenge der Natur, die so gar nichts Einladendes, Liebliches an sich hatte. Und doch muss mein Vater genau davon angezogen worden sein, als er sich hier niederließ, von dieser erhabenen Unnahbarkeit, diesem feindseligen Gegenüber, an dem er sich abarbeitete, wenn er im Winter mit den Schneemassen und im Sommer mit der Hitze kämpfte.

Seine Hochgebirgsexpeditionen waren Höhepunkte seines Lebens, in jeder Hinsicht, er wollte dem Himmel näher kommen. In Nepal war er rund um das Annapurnamassiv unterwegs gewesen, damals, als er seine zweite Frau kennenlernte, und hatte dort mit einer kleinen Gruppe den 6100 Meter hohen Thorong Ri über Schnee- und Eisfelder bestiegen, grandiose Aussicht, wolkenloser Himmel, grelles Licht trotz Gletscherbrille. Der Abstieg war anstrengend, ein Nachtquartier wurde auf halber Höhe unterhalb des Passes aufgeschlagen, um am nächsten Tag, geschwächt und höhenkrank, das Marsyangdi-Tal zu erreichen, wo alle sich über Mittag ausruhten, Vater jedoch herumstreifte und einen schmalen Durchlass entdeckte, der ihn anlockte. Nach ein paar hundert Metern bergaufwärts, wo, wie er vermutete, in der wärmeren Jahreszeit ein Gletscherbach floss, öffnete sich der Pfad und gab den Blick frei auf den dahinterliegenden Bergkessel. Gegenüber stieg eine Wand fast senkrecht in die Höhe, blendend weißes Eis bis hinauf auf geschätzte 7000 Meter, so dass er sich winzig vorkam angesichts der Erhabenheit der Natur und nur staunen konnte über die Fülle des Lichts und die grandiose Allmacht der Berge. Er habe sich nur mit Mühe von diesem Anblick wieder losgerissen, um zu seiner Gruppe zurückzukehren, wie er es mir, in der Erinnerung erneut hingerissen, in einer Mail schilderte. Leider habe er die anderen nicht dazu bewegen können, zurückzugehen und sich diesem Anblick auszusetzen, weil sie rasch weiter absteigen wollten, und so sei es auch für ihn bei dieser einen Begegnung geblieben. Unter all seinen Touren in Nepal, in Ruanda und Tansania, in Peru und Bolivien sei es dieser Augenblick am Annapurnamassiv gewesen, der alle anderen übertraf, der unvergessliche Moment, für den man auf der Welt ist, Epiphanie des Seins, reines, strahlendes Glück, und vermutlich brachten die Rocky Mountains einen Abglanz davon in seinen Alltag, er hatte die Berge ja immer vor Augen, die mir so gewaltig, ihm aber vermutlich vergleichsweise überschaubar erschienen.

Der Dichter hatte den Kampf mit den Elementen auf See ausgetragen, hatte dort Stürme und Gewitter, Fieber, Durst und Hunger überstanden und, als er in seinem Segelboot von Lissabon nach Casablanca unterwegs gewesen war, sehr deutlich die eigene Winzigkeit verspürt, als er merkte, dass die Planken nicht dicht hielten und von oben der Regen, von unten das Meerwasser hereindrückte. Er hatte das Boot, das auf einer Abwrackwerft in Bremerhaven vor sich hin gammelte, aufwendig restauriert, es kalfatert, mit einer Kajüte versehen, das Segel ausgebessert, die Taue gesplissen und es schwarz angemalt mit zwei weißen Augen am Heck, als ob es gelte, immer nach hinten zu schauen, dorthin, wo man herkommt, um desto gewisser die richtige Route zu finden. Er taufte es auf den Namen »Mata Rani«. Das war polynesisch und bedeutete »Auge des Himmels«. Wenn er erst einmal auf der Insel Bali angekommen wäre, würden die Leute das sofort verstehen, und er sah sie schon vor sich, die Südseeinsulaner unter Palmen, ockerfarbene Gestalten wie auf den Gemälden von Gauguin, die ihm vom Strand aus freundlich zuwinkten. Doch dann war er kurz nach der Abfahrt, noch in der Wesermündung, in einen Sturm geraten, fast gekentert und erleichtert gewesen, als er vom Wind zurück in den Hafen getrieben wurde. Dort ließ er sein Schiff auf einen Frachter verladen und huckepack nach Lissabon befördern. Es war ein ungewöhnlicher Anblick, das kleine Schiffchen auf dem großen Schiff, ein Boot auf dem Meer und doch auf dem Trockenen, ein hölzernes Märchen auf einem Frachter aus Stahl, ein aufgehobener Traum als Stückgut an Bord.

Die Malerin hatte dieses Kapitel nahezu unangetastet gelassen, nur einzelne Worte verbessert, wenn sie aus der »gescheiterten« eine »aufgegebene« Reise und aus dem »vor sich hin gammelnden« ein »fast vergessenes« Schiff machte. Das klang schöner, und es war ja auch wirklich ein Heldenepos, das auf eine lyrische Nacherzählung des Dichters zurückgriff, die er viele Jahre danach über dieses zentrale Erlebnis geschrieben hatte, wie er auch immer wieder in Briefen darauf zurückgekommen war. In Lissabon wartete er auf besseres Wetter, trank mit den Fischern dunklen Wein, geriet dann aber doch in den Herbststurm über dem Atlantik, denn es war schon November, keine gute Zeit für Segeltouren in die Südsee.

In einem seiner Briefe an die Malerin erzählte er, wie ihm, orientierungslos auf hoher See, ein britischer Tanker begegnete, einer dieser Ozeanriesen, den es unter seiner Last tief ins Wasser drückte. Er zog die Segel rauf und runter, um auf sich aufmerksam zu machen, und sah durch sein Fernrohr die Besatzung an Deck hin- und herlaufen. Sie kamen nah und näher, so dass er sie bald mit bloßem Auge erkennen konnte, und die Seeleute wunderten sich so sehr über das kleine Boot auf dem stürmischen Atlantik, dass sie es in einer großen Schleife umrundeten, was wohl eine Stunde gedauert und den Reeder einiges gekostet haben mag. Der Dichter holte seine Seekarte hervor und streckte sie ausgebreitet der Tankerbesatzung entgegen, um nach der genauen Position zu fragen. Es waren Engländer, echte Gentlemen, die ihm Auskunft gaben, indem sie oben auf der Brücke ein schwarzes Brett hochhielten, auf das sie mit weißer Ölfarbe Längen- und Breitengrad gepinselt hatten. Der Dichter sah durch sein Fernrohr, wie der Steuermann von oben mit dem Fernrohr zu ihm herunterblickte, um zu sehen, ob er sah. Ein Matrose lief mit einem wasserdichten Beutel nach achtern. Während der Tanker Fahrt aufnahm und sich langsam entfernte, fischte der Dichter den Beutel aus dem Meer und fand darin schottischen Whisky, eine Stange Zigaretten und andere Unverzichtbarkeiten. Er winkte den Engländern dankbar hinterher, und selbst dann noch, als er die Geschichte für die Malerin aufschrieb, musste er weinen beim Gedanken an so viel Freundlichkeit. Die Malerin machte ihr Häkchen unter den Absatz, strich nur die »Unverzichtbarkeiten«, um sie durch »Aufmerksamkeiten« zu ersetzen.

Berge waren ihm, der aus der norddeutschen Tiefebene stammte, fremd, er brauchte die Weite des Ozeans und des Himmels über der Ebene. Schon als Kind träumte er davon, Matrose zu werden, mit fünfzehn ging er von zu Hause weg, absolvierte auf dem »Schulschiff Deutschland« seine Lehrzeit, um anschließend auf dem Motorsegler »Aventura« auf kleiner Fahrt anzuheuern. Dass die Wirklichkeit der Seefahrt weniger mit Abenteuer als mit harter Arbeit zu tun hatte und dass er als Schiffsjunge am untersten Ende einer strengen Hierarchie stand, lernte er schnell. Seine Südseeträume ließ er sich aber nicht austreiben. Jedes Schiff ist ein gefährdeter und schützender Raum. Freiheit und Gefangenschaft, Weite und Enge fallen dort in eins zusammen. Er brachte Kalksandstein und Weizen auf die Insel Gotland und nach Kopenhagen, fror im vereisten Hafen von Stockholm und wechselte die Schiffe öfters als andere Leute ihre Schuhe. Er stapelte Mahagonistämme aus Westafrika an Deck, holte sich in der Kongomündung die Malaria, war mit einem Apfelsinendampfer zwischen Sevilla, Alicante, Malaga, Valencia und Barcelona unterwegs und warf als Hilfszimmermann an Bord vor Ellis Island den Anker. »Das Meer«, hatte ich ihn in meinem *Traumsegler* in dem Moment sagen lassen, als er und die Malerin sich kennenlernten – und das hatte sie sogar akzeptiert –, »das Meer ist ein Versprechen, es kennt keine Grenzen, und es ist voller Geschichten.« Die wollte er ihr erzählen, so wie sie ihm ihre Geschichten erzählte, denn erzählend umarmten sie sich.

Von klein auf war er auf sich selbst gestellt. Seine Eltern lebten getrennt, die Mutter hatte mit sich und wechselnden Liebschaften zu tun und verdiente den Lebensunterhalt in ihrer Keramikwerkstatt, wo sie Kerzenhalter, Reliefe mit biblischen Motiven und Mosaike für die Touristen herstellte. Der Junge war zwölf, als die Mutter, weil sie ein Wochenende mit ihrem Liebhaber verbringen wollte, ihm zwanzig Mark in die Hand drückte und ihn wegschickte. Er setzte sich in den Zug, fuhr zur Nordsee, fragte in Greetsiel einen Fischer, ob er ihn mitnehme, und begleitete ihn zu den Krabbenbänken von Borkum. So kam er, abgeschoben von zwei Liebenden, die ungestört sein wollten, zum ersten Mal aufs Meer und fühlte sich wohl auf schwankendem Schiffsboden.

Seinen Vater, der sich als ehemaliger Kommunist in der Nazizeit in eine Moorhütte zurückgezogen hatte, hatte der Dichter früh aus den Augen verloren. Auch er war Schriftsteller, er schrieb über den Kosmos und die Erdgeschichte, die Sterne und das Wasser, das Schachspiel und die Sonnenenergie, die Geschichte der Briefmarken und des Automobils, über Gifte, die Zukunft der technischen Welt und des Menschen, schrieb Romane, Erzählungen, Gedichte, schrieb über alles, auch über sich selbst, das wunderbare Leben und die Liebe. Eine Zeitlang hatte er als Clochard gelebt und daraus ein Buch gemacht, er hatte die Sahara durchwandert und auch darüber geschrieben und zuletzt die Geschichte der Nuklearphysik dargestellt. Er wusste alles. Nur als Vater taugte er nicht. So hatte ich es formuliert, aber das hatte die Malerin gestrichen.

Vielleicht ist aber gerade eine gute Abwesenheit das Beste, was sich über einen Vater sagen lässt. Das meint jedenfalls A., die sich mit Psychoanalyse nach Lacan beschäftigt und sich von dort her ihren eigenen Begriff des Vaters macht. Der abwesende Vater ist zwar als Person abwesend, aber nicht als inneres Prinzip. Er ist etwas, das zu überzeugen ist und dessen Anerkennung erworben werden muss. So war es mir immer ergangen. Auch in den Zeiten, in denen ich nichts von meinem Vater wusste und keinen Kontakt mit ihm wünschte, spürte ich doch seinen Blick auf mir und wollte ihm beweisen, dass ich in der Lage war, mein Leben erfolgreich zu meistern. Vielleicht schrieb ich überhaupt nur deshalb, weil ich diesem Antrieb folgte und weil ich ihn beeindrucken wollte. Vielleicht hatte ich deshalb immer wieder Biographien über berühmte Schriftsteller geschrieben, weil mir die Vaterfigur fehlte. Der abwesende Vater war eine Leerstelle, die es zu füllen galt. Er war nicht, wie die Väter der 68er-Generation, ein schweigender oder verschweigender Repräsentant der Verbrechen der Nationalsozialisten und also keine Figur, gegen die es zu rebellieren galt. Er war einfach nicht da, und wenn ich meinem Vater sein Schweigen über die Geschichte, über seine Gegenwart und über seine sogenannte Intimsphäre vorgeworfen hätte, dann wäre das allenfalls ein Reflex der Post-68er-

Ära gewesen denn wirklich empfundener Vorwurf, weil sein Schweigen kein Verschweigen war, sondern Teil seiner Abwesenheit und es für mich kein besseres Aufwachsen gab als das Aufwachsen im Vaterschweigen.

Schon der Vater meines Vaters war ein abwesender Vater gewesen, der frühmorgens im OP-Saal stand und operierte, zum Mittagessen vom Chauffeur nach Hause gebracht wurde, dann aber, nach kurzer Pause und Privatsprechstunde für Privatpatienten, wieder ins Krankenhaus fuhr, um erst am späten Abend zurückzukehren. Auch weil er 49 Jahre älter war als mein Vater, also fast schon ein Großvater, konnte sich, wie Vater in seinen Memoiren bemerkte, schwerlich ein kameradschaftliches Verhältnis entwickeln, er habe dies aber auch nicht vermisst. Schwieriger war dessen Abwesenheit wohl für seine Frau, meine Großmutter, die nicht viel mehr zu tun hatte, als eine Köchin und eine Haushälterin zu beaufsichtigen und auf ihren Mann zu warten. An Berührungen, Zärtlichkeiten gar zwischen seinen Eltern konnte Vater sich nicht erinnern, vermutlich deshalb, weil es sie nicht gab. Seine Mutter geriet aus der Verlassenheit und Langeweile heraus – aber das ist dann schon meine Interpretation – in eine schwere Krise. Die Begründung meines Vaters, die der offiziellen Familienversion entsprach, lautete, sie habe es nicht verkraftet, als innerhalb eines Jahres erst ihr Bruder, dann ihr Vater starb, außerdem habe sie womöglich unter Wechseljahrsymptomen gelitten. Seither erwartete sie immer nur das Schlimmste, wurde von wiederkehrenden Weinkrämpfen überfallen, in deren Verlauf sie sich schreiend auf dem Fußboden wälzte, sie magerte ab bis aufs Skelett, erholte sich körperlich nur langsam, psychisch nie, verfiel immer wieder in Depressionen und misanthropische Zynismen und ergriff auf diese Weise dann doch die Herrschaft im Haus, weil ihr abwesender Gatte diesen ihren »Zuständen« gegenüber, wie die innerfamiliäre Sprachregelung lautete, hilflos blieb und als Ehemann ebenso wie als Chirurg seine Grenzen aufgezeigt bekam. Dienstmädchen kündigten reihenweise. Mein Vater flüchtete sich dann in sein Zimmer und warf sich weinend aufs Bett, und meine Mutter habe es, wie er in seinen Memoiren schrieb, sicher auch nicht leicht gehabt im Haus, mit dieser Schwiegermutter, die sie von oben herab beschimpfte, den Mülleimer herunterwarf oder in die Küche kam, um abschätzig in die Töpfe zu blicken. Familie wird schnell zur Hölle, vor allem dann, wenn es nicht die eigene ist und wenn die Frau, die da einzieht, nicht nur ihren Mann heiratet, sondern mit ihm auch das Haus und seine Eltern, und wenn sie, wie meine Mutter, in eine fremde Stadt kommt und hinein in ein Beziehungsgefüge, das sie nicht durchschauen kann, und wo sie von der Schwiegermutter als Dienstmagd betrachtet und behandelt wird. Sie ertrug das alles mit einer engelhaften Geduld, antwortete auf die aggressiven Ausfälle ihrer Schwiegermutter mit Nächstenliebe, denn so war sie erzogen worden, und als sie dann doch einmal davonlief, weil sie es nicht mehr aushielt, und in der festen Absicht, nicht mehr zurückzukehren, zu ihrer Mutter nach Stuttgart fuhr, erhielt sie dort eine Strafpredigt und wurde mit dem Auftrag, sich bei ihrem Mann zu entschuldigen, zurückgeschickt. Meinen Vater stürzte das unvermeidlich in Loyalitätskonflikte zwischen seiner gemütskranken Mutter und seiner herzkranken Frau, die in dieser Konstellation nicht atmen konnte, was er viel zu spät erkannte, worauf dann das Ferienhaus im Schwarzwald als Zufluchtsstätte entstand, doch da gab es den Klavierlehrer schon, und die Ehe war wohl nicht mehr zu retten.

Auch Hölderlin war vaterlos aufgewachsen, und vielleicht bestand auch darin die Nähe, die mein Vater zu ihm empfand. Hölderlins leiblicher Vater starb, als Hölderlin zwei Jahre alt war, mit neun verlor er den Stiefvater. In seinem Fall wurde jedoch nicht die Mutter verrückt, sondern er selbst, dem die Vaterabwesenheit weniger gut bekam, als Lacan das erhoffen lassen könnte. Vergeblich machte Hölderlin sich auf die Suche nach Vaterfiguren, nicht Goethe, nicht Schiller taugten dazu, und auch die Götter waren mit der griechischen Antike verloren gegangen und hörten nicht auf Hölderlins Hymnen, in denen er sie vergeblich zur Wiederkehr aufrief. Psychoanalytiker lesen sein unstillbares poetisches Bedürfnis nach All-Einheit und dem Verschmelzen mit der Natur als Sehnsucht nach Schutz und Geborgenheit, die ihm weder die verständnislose Mutter noch die Vaterleerstelle bieten konnten.

Der Dichter hatte seinen abwesenden Vater schließlich einmal besucht, als er schon mit der Malerin zusammenlebte. Gemeinsam fuhren sie zu ihm und fanden ihn jünger, zugänglicher und offener, als sie befürchtet hatten. Vater und Sohn legten ihre Gedichte auf dem Fußboden aus, lasen sich gegenseitig daraus vor, ohne viel dazu zu sagen, ein Nicken, ein Räuspern, stumme Anerkennung, doch immer wieder standen sie auf, um sich wortlos und feierlich zu umarmen. Und als der Vater dann sagte: »Jetzt bist du ein Dichter!«, durfte der Sohn hoffen, wirklich einer zu sein, denn was gälte seine Behauptung ohne das Ja-Wort des Vaters?

Ich hatte die zwei Jahre, die ich bei meinem Vater und der Neuen verbrachte, als Zeit großer Freiheit erlebt. Ich konnte machen, was ich wollte, so lange ausbleiben, wie ich wollte, und ich weiß noch, dass ich einmal nach einer langen Nacht nach Hause kam, als die beiden schon frühstückten. Ich wünschte ihnen einen guten Morgen und legte mich ins Bett. Vater sagte nichts dazu. Er hatte aufgehört, sich um mich zu kümmern, oder vielmehr nie wirklich damit angefangen, ich war wohl auch alt genug, um die Schule so einigermaßen und mit gerade noch erträglichen Noten abzuwickeln. Mittag- und Abendessen wurden meist schweigend eingenommen, ein Schweigen, das mich bedrückte, doch es muss auch gesprochen worden sein, denn ich hatte deutlich das gelegentlich einsetzende, keckernde Lachen meiner Stiefmutter in den Ohren. Sie war auf Pfannkuchen spezialisiert, kleine, sehr dünne, durchaus schmackhafte Pfannkuchen, die sie im Ofen zu einem Turm aufschichtete, der dann bei Tisch langsam abgetragen wurde. In meiner Erinnerung gab es nichts als diese Pfannkuchen, als hätten wir sie täglich gegessen und niemals etwas anderes, da gab es kein Fleisch und kein Gemüse, immer nur Pfannkuchen, so konnte es jedoch nicht gewesen sein – und schon fielen mir ihre mit Honig glasierten Karotten ein, die ich so gerne aß.

Ich war sechzehn, als ich in den Sommerferien alleine durch die USA trampte. Mein Vater hatte nichts dagegen. Ich war siebzehn und in der elften Klasse, als die beiden sich über Weihnachten und Neujahr für vier Wochen verabschiedeten, um in Afrika den Kilimandscharo zu besteigen. Vater hinterließ abgezähltes Haushaltsgeld, die Stiefmutter hatte die Tiefkühltruhe gefüllt, und zur Not hätte ich jederzeit zu meiner Mutter und dem Klavierlehrer in den Schwarzwald fahren können. Das tat ich dann auch für ein paar Tage, um mich auszuweinen, als meine erste kleinere, groß empfundene Liebe zerbrach, schlicht und einfach, weil die Angehimmelte, ein

Mädchen aus meinem Deutsch-Leistungskurs, aus dem Skiurlaub mit der Meldung zurückkehrte, sie habe dort einen anderen kennengelernt. Diese Mitteilung traf mich wie ein Schock, war ich doch nach einigen Küssen und Berührungen nackter Haut selbstverständlich davon ausgegangen, den Rest des Lebens mit ihr zu verbringen. Sie war eine brave, sehr ordentliche Buchhändlerstochter mit blondem, gut sortiertem Haar, die mir zu Weihnachten noch die rot eingebundenen »Gesammelten Stücke« von Bertolt Brecht in einem Band geschenkt und mit blauem Füller in ihrer runden Mädchenschrift vorn hineingeschrieben hatte: »Ich hoffe sehr, dass Du genauso über Brechts Stücke begeistert bist, wie ich es bin, seitdem ich dieses Buch gelesen habe.« Das war mir Auftrag genug gewesen, so dass ich die Feiertage mit Brecht und in großer Sehnsucht verbracht hatte, bis sie mir dann kurz und knapp den Laufpass gab.

Der Schmerz, den sie mir damit zufügte, war gewaltig. Es war der Urschmerz der Enttäuschung und des Verlassenseins, wie ich ihn nie zuvor erfahren hatte und der mich – so zumindest sehe ich es heute – urplötzlich aus der Kindheit herauskatapultierte und mich dazu verführte, unbeholfene Gedichte zu verfassen, die ich in ein Schulheft schrieb, um sie meiner Mutter zum Geburtstag zu schenken, damit sie den Dichter in mir würdigen konnte. Die Trennung meiner Eltern hatte mich weit weniger, um nicht zu sagen gar nicht berührt, das war deren Sache und mein Freiheitsgewinn. Jetzt aber teilte ich den frisch erworbenen Schmerz mit meiner Mutter und dem durchaus mitfühlenden Klavierlehrer, mein Vater war auch hierbei abwesend. Mutter bedeutete Mütterlichkeit, Geborgenheit und Anwesenheit auch dann, wenn sie gar nicht da war. Sie schrieb mir, sie dachte an mich, sie liebte mich, das war gewiss. So war es von klein auf gewesen, als ich mit ihr im Bett oder auf dem Sofa schmuste. Auf ihre Zuneigung und ihren Trost konnte ich mich so sehr verlassen, dass ich den Luxus des Alleinseins dann doch vorzog, ich genoss es, das Haus für mich zu haben, trauerte um die so plötzlich und unbegreiflich zerbrochene Liebe und fürchtete den Moment, wenn Vater und die Stiefmutter zurückkehren würden.

Kinder, das weiß ich heute besser als damals, dürfen Erwachsene nicht daran hindern, ihr Leben zu leben. Erwachsene dürfen umgekehrt nicht davon ausgehen, im Leben der Kinder vorzukommen, die irgendwann ihrer Wege gehen. Das war der unausgesprochene Deal, und vermutlich fuhr ich damit besser als er. Wie schwer das Loslassen aber ist, erfahre ich im Zusammenleben mit dem Jungen, für den ich nicht der Vater bin, aber doch ein Freund und, wie ich hoffe, eine Autoritätsperson, die auf ihn achtet und mit ihm um angemessenes Verhalten ringt, wenn er zwischen Youtube-Filmchen und Spielkonsole oder in seinen Träumen verloren zu gehen droht und in Sekundenschnelle alles vergisst, was er zu erledigen hätte. Er ist mir zu nah, als dass ich sagen könnte, das geht mich nichts an.

Der Highway war zwischendurch zweispurig geworden, um einen Pass zu erklimmen und sich dann wieder endlos bergab zu schlängeln, links der ewige Nadelwald, rechts nackter Steilhang und vorne eine weitere Kette aus schneebedeckten Berggipfeln. Die Trucks, die mir entgegenkamen, als wollten sie den VW überrollen, hupten im Vorbeifahren und rissen das verwehende Signal mit sich fort, ich verstand nicht, ob es sich dabei um ein fröhliches Lebenszeichen, um einen Gruß oder um pure Boshaftigkeit handelte, freute mich aber, als die

Straße wieder vierspurig wurde und sich endlich, nach weiteren gottverlassenen 50 Kilometern, hinter einer Kurve ein weites Tal mit einer fast schon Städtchen zu nennenden Siedlung zeigte. Das musste Golden sein, das auf Schildern schon seit einer Stunde angekündigt worden war, Holzfällerstadt und Knotenpunkt der Canadian Pacific Railway. Direkt am Highway standen ein paar schmucke Holzhäuser mit Giebel und Veranda, lindgrün gestrichen. Rechts ein weißes Motel, vor dem dunkle Pickups parkten. Laut Aufschrift gehörte es einem gewissen Howard Johnson, der mit dem Spruch »go happy, go hojo« und der Aussicht auf Indoor Pool und Jacuzzi Gäste anzulocken versuchte. Das Village Lodge gleich daneben versprach »Indian Kitchen«, wobei ich nicht an Indisches, sondern an Indianer dachte. Da auf der Werbetafel aber nur die Worte Dinner, Buffet, Sunday und unter Verlust der Null das Jahr 2019 vermerkt waren, fuhr ich daran vorbei. Ein paar Kilometer weiter fand ich eine Tankstelle, die erste seit Calgary, und weil ich wusste, dass man in der Einöde am besten volltankt, wenn sich die Gelegenheit bietet, tankte ich, eine komplizierte Operation, weil man, bevor Benzin aus der Zapfpistole fließt, zuerst drinnen beim Tankwart eine bestimmte Anzahl von Litern bezahlen muss und nur hoffen kann, dass es weder zu viel noch zu wenig sein wird.

Gleich neben der Tankstelle stand ein Flachbau, der seine barackenhafte Hässlichkeit nur schlecht hinter einem Holzvorbau verbarg. Die Konstruktion sah aus wie ein Gerüst auf Stelzen oder eine Brücke, die über dem Eingangsportal ein Türmchen mit der Aufschrift »Golden Grizzly Cookhouse« trug. Im Inneren gab es einen Billardtisch und zwei große Gasträume, und weil das Restaurant gut gefüllt war mit Männern in karierten Hemden, die Steaks so groß und dick wie

Baumscheiben zersägten, landete ich im eher imbisshaften Nebenraum mit zahlreichen Bildschirmen, auf denen gleichzeitig zwei verschiedene Eishockeyspiele, ein Basketball- und ein Baseballmatch übertragen wurden und dazu aus den Lautsprechern Country-Music sickerte. Das Gebäude war großzügig beheizt, die Respekt gebietende Kellnerin trug knappe Höschen und ein ärmelloses T-Shirt, das die Tattoos auf ihren Oberarmen zur Geltung kommen ließ – den Kopf eines Grizzlybären mit aufgerissenem Maul auf dem linken und einen Seemann mit Mütze auf dem Kopf und einer Tabakpfeife im Mund auf dem rechten –, darüber eine grüne Kurzhaarfrisur, Nasenpiercing und mehrere Lippenringe. Sie erkannte in mir den Fremden, fragte mich, woher ich komme, und redete dann in einem nur schwer nachvollziehbaren Deutsch auf mich ein.

Offenbar hatte sie schon lange darauf gewartet, ihre verschütteten Sprachkenntnisse anzuwenden, die sie während eines geraume Zeit zurückliegenden Au-Pair-Aufenthaltes in Hildesheim erworben hatte. Ob ich den Witz vom Bärenjäger kenne?, kicherte sie, schon bevor sie den Witz erzählte: »Also, ein Bärenjäger geht in den Wald, entdeckt den Bären, legt an, zielt, schießt daneben, Rauch verzieht sich, Bär weg. Der Jäger hält vergeblich Ausschau, denn unterdessen schleicht sich der Bär von hinten an und tippt ihm auf die Schulter: Entweder ich ficke dich oder ich töte dich. Na gut, sagt der Jäger, dann fick mich. Am nächsten Tag genau dasselbe Spiel. Und wieder lässt der Jäger sich ficken. Am dritten Tag ist er wild entschlossen, das Vieh jetzt aber endlich zu treffen. Doch er schießt erneut daneben, der Bär tippt ihm wieder auf die Schulter und sagt: Zum Jagen kommst du wohl nicht in den Wald.« Die Kellnerin schüttete sich aus vor Lachen, wechselte dann aber ins ernstere Fach, indem sie von einem Drogisten aus Vancouver berichtete, der beim Zelten im Gebirge von einem Grizzly getötet worden sei. Derlei Geschichten bot sie zur Suppe, einer bräunlichen, lauwarmen Flüssigkeit, die man in Russland als Soljanka zu bezeichnen sich geweigert hätte, und setzte sie beim »Grizzly Burger« fort, der aber, wie sie versicherte, nur so hieß und kein Bärenfleisch enthielt. Sie verstummte erst, als ich auf ihre Frage nach meinem Reiseziel von meinem Vater berichtete, der sich hier angesiedelt habe und kanadischer Staatsbürger geworden sei und jetzt vermutlich im Sterben liege oder schon tot sei, ich wisse es nicht, hoffe jedoch, ihn noch lebend anzutreffen. Ich gab ihr mehr als das ortsübliche Trinkgeld, sie umarmte mich zum Abschied wie einen alten Freund und wünschte mir viel Glück, der Tod macht die Menschen weich.

Im Krankenhaus und bei der Steuerberaterin hatte ich meinen voraussichtlichen Ankunftstermin hinterlassen. Mein Vater wusste offenbar, dass ich auf dem Weg war und am späten Abend eintreffen würde, die Steuerberaterin hatte es ihm gesagt und meinte, er habe es auch registriert. Doch jetzt, zwischen Golden und der einbrechenden Dämmerung und ohne Handyempfang, so dass ich auch nicht nachschauen konnte, ob A. mir geschrieben hatte, fuhr ich ihm in kanadischer Gemächlichkeit entgegen, dabei ging es doch buchstäblich um Leben und Tod. An seinen Hinterlassenschaften hatte er schon seit Jahren herumgeregelt, ohne je damit fertig geworden zu sein, das Jonglieren mit dem Erbe war gewissermaßen das Pendant zu seinen schriftlichen Erinnerungen. So hatte er seine Hälfte des Elternhauses mir überschrieben, damit ich es nach dem Tod seiner Schwester, meiner Tante, verkaufen konnte, die dort ihr ganzes Leben von der Geburt bis in die Altersdemenz hinein verbracht hatte, ungeliebte Gymnasiallehrerin, unverheiratete Tochter, ewige Jungfer, die sich nach dem Tod meines Großvaters um meine Großmutter kümmerte, oder auch umgekehrt, es war ein symbiotisches Verhältnis, bis ihre Mutter, arthritisch und trotz zunehmender Altersmilde immer noch an ihren »Zuständen« leidend, in ein Pflegeheim verbracht wurde, wo sie dann noch ein paar Jahre lang dem Tod entgegendämmerte. Meine Kindheit bevölkerten Großmutter und Tante als untrennbares Paar, sie traten immer zusammen auf, saßen gemeinsam im Wohnzimmer vor dem Fernseher, dem die Großmutter im Lauf der Jahre näher und näher rückte, bis sie vorgebeugt direkt vor dem Bildschirm hockte, sie aßen gemeinsam Pralinen aus einer Blechdose, die Großmutter mir reichte, wenn ich heraufkam, um mit ihr »Mensch ärgere dich nicht« zu spielen, weil sie mich immer schummeln und gewinnen ließ, ich liebte sie sehr. Sie erschienen stets gemeinsam auf Familienfesten, reisten gemeinsam, so lange Großmutter noch konnte, und meine Tante schlief im Vorzimmer ihrer Mutter, bis sie nach deren Tod den Platz auf der linken, der mütterlichen Seite des Ehebettes einnahm, während rechts immer noch Großvaters aufgeschichtetes Bettzeug lag, ein Hügelgrab, das zu öffnen ich nie gewagt hätte.

Bei meinem letzten Besuch stand die Tante oben am Küchenfenster und warf mir von dort aus den Hausschlüssel zu, weil sie die Treppe nach unten nicht mehr bewältigen konnte, um aufzusperren. Immerhin hatte sie mich noch erkannt und mit meinem Namen angesprochen, doch sie warf den Schlüssel so schwach, dass ich keine Chance hatte, ihn aufzufangen. Er fiel in ein stachliges Gestrüpp, wo er nicht mehr zu sehen war, weil er zum Schutz in einem erdbraunen Mäppchen steckte, das sich vor allem als guter Sichtschutz auf der Erde unter dem Dornbusch erwies. Ich suchte alles ab, kratzte mit einem Stock auf dem Boden herum und schob die widerspenstigen Zweige beiseite, so gut es ging, doch der Schlüssel blieb verschwunden. Die Tante, im Alter so zusammengeschrumpft, dass sie wie ein kleines Kind kaum noch über den Sims hinausragte, stand am offenen Fenster, rang die Hände und sagte unentwegt: »Ja, was machen wir denn jetzt, ja, was machen wir denn jetzt.« Seit Jahren lebte sie allein im Haus, wo im Erdgeschoss inzwischen ein Psychoanalytiker praktizierte und den epochalen Dreischritt vom Chirurgen über den Allgemeinarzt, von den Knochen übers Fleisch zur Seele vollendete. Ein Pflegedienst kümmerte sich um die Tante, einmal in der Woche telefonierte sie mit einer alten Freundin aus Stuttgart, aber Gespräche waren kaum noch möglich, weil sie sich schon nach wenigen Minuten wiederholte, so wie jetzt, wo sie aus ihrer Was-machen-wir-denn-jetzt-Schleife nicht mehr herausfand, auch wenn sie den Anlass der Klage schon vergessen hatte.

Mir war, als stehe sie bereits jenseits der Pforte des Hades und blicke von dort aus zu mir her, dem Lebenden, der keinen Zugang fand, nicht einmal eine Tür aufschließen konnte, nichts begriff, sinnlos im Gebüsch herumkroch und den Boden wie ein Blinder mit den Händen abtastete. Sie winkte mit ihrer Geldbörse, hielt die Kreditkarte und den ADAC-Mitgliedsausweis hoch – seltsam genug, wo sie schon seit vielen Jahren nicht mehr Auto fuhr –, schwenkte dann ihren Reisepass und wollte mir alles herunterwerfen, ich brauchte doch etwas aus ihrem Nahbereich, was war es bloß, ja, was machen wir denn jetzt. Nur mit Mühe konnte ich sie davon abhalten und dazu überreden, einen zweiten Hausschlüssel zu suchen. Tatsächlich verschwand sie, um einen zu holen, und dieses Mal klappte es, ich schloss die Haustür auf, stieg die Treppe aus Eichenholz hinauf in den ersten Stock und kam zu ihr in die Küche, wo sie Schlüssel aller Art auf dem Küchentisch angehäuft hatte. In ihrem Leben hatten sich sehr viele Schlüssel angesammelt, Kellerschlüssel, Kofferschlüssel, Garagenschlüssel, Schrankschlüssel, Schlüssel mit und ohne Schildchen, kleine und große Schlüssel, rostige und blanke Schlüssel, ein buntes Durcheinander, und alles bewahrte sie auf, immer noch brachte sie kleine Kistchen und Kartons mit Schlüsseln für Dinge und für Türen, die es längst nicht mehr gab, ja, was machen wir denn jetzt, ja, was machen wir denn jetzt. Ihre Unruhe wuchs mit der Anzahl der Schlüssel und der offensichtlichen Unlösbarkeit des Problems, welches Problem war das überhaupt und wie sollte sie es lösen, wenn sie das nicht mehr wusste? Auch meine Anwesenheit war ihr entglitten, sie beklagte sich, dass nie jemand käme, um sich um sie zu kümmern, seit Tagen sei niemand dagewesen, sie bekomme nichts zu essen, also machte ich ihr ein Spiegelei, schnitt eine Scheibe Brot ab und legte ihr beides vor. Sie knabberte missmutig, als auch schon die Abendpflegerin eintraf und sich nach ihrem Befinden erkundigte. Zu essen bekomme sie wahrlich genug, aber sie habe halt nie Hunger.

Nach dem Tod der Tante verkaufte ich das Haus, Vater war einverstanden, er hatte nicht die Absicht und auch schon lange nicht mehr die Kraft, um noch einmal zurückzukehren, aber ich verschwieg ihm dann doch, dass der neue Besitzer, ein schwäbischer Türke oder türkischer Schwabe, der zum Notartermin mit einer wunderschönen jungen Frau erschienen war und das zukünftige Glück in diesem nun seinem Haus beschworen hatte, es nicht selbst bewohnte, sondern an die Stadt vermietete, die es seither als Unterkunft für syrische Flüchtlinge nutzte, was in der Nachbarschaft empörte Unruhe hervorrief. Vor dem Verkauf hatte er mir seine Liebe zu diesem Haus ausgemalt, hatte schon vor dem ersten Besichtigungstermin an der Tür geklingelt, um mir vor allen anderen Interessenten die Dringlichkeit seines Wunsches zu vermitteln, sei er doch schon als Kind auf dem Schulweg jeden Tag daran vorbeigegangen und habe sich vorgestellt, darin zu leben. Nun war es also zu einer Flüchtlingsunterkunft geworden, was, nachdem meine Familie zerbrochen und in verschiedene Weltgegenden geflüchtet war, durchaus eine innere Stimmigkeit besaß. Schon einmal, in der Nachkriegszeit, hatten Flüchtlinge im Haus Unterkunft gefunden. Das Wohnungsamt hatte die Räume damals kurzerhand beschlagnahmt, unterm Dach ein schlesisches Ehepaar und im Wartezimmer eine Frau aus Ostpreußen untergebracht, die jahrelang dort ausharrte, immer im Wartestand zwischen der verlorenen Heimat und dem nicht beginnen wollenden neuen Leben, und die nur zum Vorschein kam, um sich am Waschbecken vor der Toilette zu waschen.

Vor dem Verkauf war ich noch einmal mit A. und dem Jungen dort gewesen, hatte ihnen den Garten mit dem alten Nussbaum gezeigt, den Kartoffelkeller und den hinter einer Eisentür verborgenen, noch tiefer unten liegenden Luftschutzraum, der im Krieg gebaut worden war. Von dort aus wäre man, falls das Haus über den Schutzsuchenden eingestürzt wäre, durch einen schmalen Tunnel hinaus in den Garten gekrochen, ich hatte manches Mal hineingeschaut, mich aber nie getraut, diesen Notausgang zu erproben, so finster war es darin und alles voller Staub und Spinnweben. Im Keller hauste damals ein gefährlicher Bär, der sich, wenn ich ihm begegnete, auf die Hinterbeine erhob und mit seinen Tatzen nach mir schlug. Seine blutunterlaufenen Augen glühten wie Kohlestückchen, und er brüllte grauenerregend, wenn er das Maul mit den riesigen Zähnen aufriss. Mutter blieb, wenn sie mich nach unten schickte, um Saft oder Kartoffeln zu holen, sicherheitshalber oben an der Treppe stehen, und ich musste sehr schnell und sehr leise sein, um heil zurückzukehren, bevor der Bär mich entdeckte. So lernte ich Schnelligkeit, bis ich eines Tages auf die Idee kam, mir den Bären zum Freund zu machen. Ich sprach beruhigend mit ihm, erklärte ihm, wer ich war, zähmte ihn und erreichte nach und nach, dass er zu meinem Beschützer wurde, der im Kellerdunkel auf mich wartete, um dort freundlich brummend an meiner Seite zu bleiben und auf mich aufzupassen.

In der Waschküche stand noch der große Kupferkessel, der beim Bau des Hauses in den 1920er Jahren dort als neueste technische Errungenschaft einzementiert worden war und für den sich der Junge jetzt besonders interessierte. Der Kessel hatte einen Durchmesser von einem Meter und eine Klappe an der Oberseite und wurde durch einen Elektromotor bewegt. So konnte man die Wäsche in der Brühe schwenken, musste jedoch zuvor separat die Lauge ansetzen, über einem Brikettofen erhitzen und heiß einfüllen. Das erledigten zwei Dienstmädchen, die mit der Wäscheprozedur den ganzen Tag beschäftigt waren. Die heiße Wäsche fischten sie mit großen Holzzangen aus dem Kessel, spülten sie in mehreren hintereinander stehenden Zinkwannen in kaltem Wasser aus und hatten schließlich sogar schon eine elektrische Schleuder zur Verfügung. Je nach Wetterlage mussten sie die feuchte Wäsche in den Garten bringen oder auf die Bühne unterm Dach schleppen, wo sie zum Trocknen aufgehängt und an den folgenden Tagen gebügelt wurde. In meiner Kindheit gab es längst eine Waschmaschine, aber der Kupferkessel ließ sich nicht entfernen. Er gehörte zum Haus wie ein abgestorbenes Organ, und auch wenn er nicht mehr benutzt wurde, schien unter der Staubschicht, die er angesetzt hatte, noch Leben in ihm zu stecken, als warte er bloß darauf, eines Tages wieder in Gebrauch genommen zu werden.

Dann führte ich A. und den Jungen durch die Praxisräume, wo jetzt die Liege des Psychoanalytikers genau an der Stelle auf den Abtransport wartete, an der einst unser Esstisch stand, an dem wir zusammen mit den Arzthelferinnen das Mittagessen einnahmen, das in drei Gängen zuzubereiten meiner Mutter oblag. Die Tischgebete – »Vater segne diese Speise, uns zur Kraft und dir zum Preise, Amen« oder: »Komm, Herr Jesu, und sei unser Gast, und segne, was du uns bescheret hast« – wurden irgendwann, abgenutzt durchs alltägliche Leiern, abgeschafft, ohne dass wir sie vermisst hätten, nicht einmal von Mutter, der das noch am meisten bedeutete, so wie auch die Sonntagsgottesdienstbesuche irgendwann eingestellt worden waren. Mein Vater hatte seinen eigenen Gott, er brauchte keine Kirche, und vielleicht hielt er es schon damals mit den Göttern Hölderlins. *Ihr Treugebliebnen! aber ich weiß, ich weiß / Der Liebe Leid, dies heilet so bald mir nicht, / Dies singt kein Wiegensang, den tröstend / Sterbliche singen, mir aus dem Busen. // Denn sie, die uns das himmlische Feuer leihn, / Die Götter schenken heiliges Leid uns auch, / Drum bleibe dies. Ein Sohn der Erde / schein ich; zu lieben gemacht, zu leiden.*

Auch bei meiner Mutter setzte eine zunehmende Kirchenmüdigkeit ein, was jedoch nichts mit ihrer Gottesgläubigkeit zu tun hatte. Im Gegenteil: Je mehr sie sich vom Rituellen und Lippengebetshaften entfernte, umso wichtiger wurde das religiöse Empfinden, indem es sich in eine Gedankenarbeit und ein ganz persönliches Gottesverhältnis verwandelte. Niemals behelligten meine Eltern mich mit religiösen Verpflichtungen. Nach der Konfirmation gab es nichts mehr, nur noch meine eigenen Versuche, mit Gott im Abendgebet ins Gespräch zu kommen, so wie es mir im Konfirmationsunterricht nahegelegt worden war, jedoch, wie es Gottes Art ist, antwortete er mir auch dann nicht, als ich eine Kerze dazu entzündete, das Gebet blieb monologisch, und so überließ ich den unerbittlich abwesenden Gott seinem eigenen, schweigsamen Schicksal.

Der einstige Behandlungsraum war leergeräumt, so dass es dort hallte wie in einer Garage. Die grüne Liege, auf der ich zur Welt gekommen war, hätte ich A. und dem Jungen gerne gezeigt, den Ursprungsort, den Ausgangspunkt, denn es ist doch wirklich nicht zu begreifen, dass da plötzlich ein kleiner Mensch ist, der atmet und sein Leben aufnimmt und ganz selbstverständlich da ist, als hätte er schon immer existiert. Und dieser Mensch war ich, bin ich. Da, wo sich nun ein kleines Labor befand, erklärte ich den beiden, war zuvor unsere Küche gewesen. Hier hatte mir meine Mutter nachmittags Zuckerbutterbrot gemacht, das ich auf dem Fenstersims hockend verzehrte. Zucker wurde damals noch nicht als Teufelszeug betrachtet, auch nicht von Ärzten. Der Büroraum nebenan war einst mein Kinderzimmer mit einer gemusterten Tapete, auf der sich mir während der Fieberschübe obligater Kinderkrankheiten fratzenhafte Gesichter zeigten oder Kamel-Karawanen, die durch die Wüste zogen.

Die Toilette, die uns ebenso wie den Patienten und den

Praxisangestellten diente, befand sich noch im exakt selben Zustand wie vor fünfzig Jahren, eine massive Schüssel mit Druckspülung, die heulend und vibrierend ansprang und einen übermäßigen Wasserschwall entließ. Hier verrichtete ich als kleiner Junge, dessen Füße nicht bis zum Boden reichten, mein Geschäft und rief dann mit den Worten »Mutter, ich bin fertig« nach ihr, die herbeieilte, um mir den Hintern abzuputzen. Manchmal rüttelte ein Patient mit zunehmender Dringlichkeit an der verschlossenen Tür, und es ist das erste Peinlichkeitsgefühl, an das ich mich erinnere, als ich meine Mutter draußen sagen hörte: »Das ist mein Sohn«, und ich ihr öffnete, um sie einzulassen. Mir muss in diesem Moment klar geworden sein, dass ich eigentlich schon zu alt war, um auf diese Hilfe angewiesen zu sein, und unterließ es von da an, nach der Mutter zu rufen. Ich schlich an ihrer Hand aus der Toilette, ohne den wartenden Patienten anzuschauen, bloß weg vom Örtchen der Scham.

Scham entsteht an der Nahtstelle zwischen Intimbereich und Öffentlichkeit. Im Toilettenraum, der ebenso zur Arztpraxis gehörte wie zur Familie, fielen beide Bereiche zusammen. Wenn die Tür sich im falschen Moment öffnete, war ich vor den fremden Augen und Ohren nichts als der Junge mit heruntergelassenen Hosen. Die Mutter, die kam, um mich zu retten, gehörte in den Intimbereich, und es war ein Verrat von ihr, mit dem Patienten zu sprechen und ihn damit hereinzuholen ins Innere der Kammer der Entblößung, wo er nichts zu suchen hatte. Scham ist aber auch ein Moment der Selbsterkenntnis, wie sie Adam und Eva im Paradiesgarten erleben, nachdem sie den Apfel vom verbotenen Baum gegessen haben. Es ist die Einsicht in die eigene triebhafte Natur, ins Kreatürliche, Animalische, aus dem heraus wir existieren und das wir, sobald wir es entdeckt haben, zu domestizieren oder zu verleugnen beginnen. Die Türen schließen sich und werden eigentlich nur im Liebesakt geöffnet, wenn wir gemeinsam eintauchen in die gemeinsame Leiblichkeit. Das war es, was die Malerin am Dichter »sexuell unerzogen« genannt hatte und was ich erst mit A. erlebte, eine Schamlosigkeit, in der es keine Grenzen mehr gibt zwischen Ich und Du, weil nur die Scham diese Grenzen setzen könnte.

Die Türen im Elternhaus waren stets geschlossen. Wir stiegen die Treppe hinauf, auf der ich die Langeweile zahlreicher Nachmittage abgesessen hatte, kletterten auch auf den Dachboden, der über eine ausklappbare Stiege nur selten betreten worden war. Die Bühne war einst vollgestellt mit schon damals uralten, muffig riechenden Schränken, Reisekoffern von gewaltigen Ausmaßen, einem hohen Metallbehälter für Großmutters Pelzmantel und verstaubten Kisten, in denen manchmal nur Lumpen verrotteten, die Großmutter für schlechte Zeiten aufhob, manchmal aber auch Überraschungen zu entdecken waren, wenn ich mich traute, die klebrigen Spinnweben wegzuwischen und in der dunklen Tiefe herumzuwühlen. Es roch nach toten Mäusen und im Sommer nach heißem Staub. Das Dach war nicht isoliert, man konnte die Dachbalken sehen, die sich im Dunkel verloren, und die Ziegel von unten anheben, um zwischen den Ritzen hindurch in den Himmel zu spähen. In einer Pappschachtel fand ich einmal kleine Kriegsschiffe aus der Kindheit meines Vaters, jedes einzeln eingeschlagen in vergilbtes Pergamentpapier, die er in seiner Zeit bei der Marine-HJ, als er sich auch einer schicken Matrosenuniform erfreute, aus Holz gesägt, in grauer Camouflage lackiert und mit schwenkbaren Kanonenrohren aus Draht ausgestattet hatte, um mit dieser Flotte auf dem Fußboden langsam vorzurücken und die deutsche Weltherrschaft vorzubereiten.

So machte ich es dann auch in meinem Kinderzimmer, nur dass der Krieg für mich etwas Mythisches war, das nicht in der siegreichen Zukunft, sondern in einer verlustreichen Vergangenheit lag. Die verlorenen Ostgebiete, die auf den Karten im Schulatlas schraffiert dargestellt wurden und mit dem Vermerk »Zur Zeit unter polnischer Verwaltung« versehen waren, machten mir ebenso zu schaffen wie das, was dort Sowjetische Besatzungszone hieß, und ich phantasierte ein unversehrtes, ja, wachsendes Deutschland, zu dem doch naturgemäß auch das Elsass und Lothringen gehören müssten, so dass ich während des Erdkundeunterrichts die Länderkarten meinerseits schraffierte und allmählich ganz Europa und halb Asien in Besitz nahm. Meine Armeen rückten auf dem Papier unaufhaltsam voran, der Weltherrschaft entgegen, so ähnlich wie man das ein, zwei Jahrzehnte später in einem Gesellschaftsspiel namens Risiko zelebrierte, wo es darum ging, mit bunten Steinchen, die Armeen darstellten, zunächst einzelne Länder, dann Kontinente und am Ende die ganze Welt zu besetzen. Auch in dieser Machtlust und Eroberungsgier lag eine Schamlosigkeit, die sich nur deshalb austoben durfte, weil alle Spieler gemeinsam sich darauf einigten; Spiele dienen auch dazu, Triebe auszuleben, die ansonsten gut verborgen bleiben.

Und ich fand auf dem Dachboden eine Kiste mit liebevoll gearbeiteten Indianerfiguren aus Elastolin, die eine ganz andere Eindringlichkeit besaßen als meine kleinen Plastikindianer. Sie hatten einst dem Bruder meines Vaters gehört und waren von ihm auf ihn übergegangen. Ich nahm sie an mich, und sie begleiteten mich über viele Jahre, in denen ich – wie einst mein Vater in diesem Alter – *Tecumseh* las und die Schlachten zwischen Indianern und Weißen mit viel Aufwand nachstellte. Das war aber nicht alles. Mein Vater besaß auch einen Satz abessinischer und italienischer Soldaten, die er gegeneinander hatte antreten lassen, wobei er immer auf Seiten der schnittigeren Afrikaner gewesen war. Und er nannte eine in schwarzer SS-Uniform gehaltene Leibstandarte Adolf Hitler sein Eigen, zu der auch eine Führerfigur mit schwenkbarem Grüßarm und eine Führerlimousine gehörten, in der er den Führer durchs Kinderzimmer befördert hatte. Der Führer und sein Fahrzeug haben den Krieg nicht überlebt, die Schwarzuniformierten mit dem Hakenkreuz am Oberarm überdauerten dagegen in einer Kiste, sorgfältig verpackt, und mich überfiel ein leiser Schauder, als ich sie eines Tages barg und im Licht des Dachfensters aufstellte. Immer wieder kehrte ich zu ihnen zurück, weil sie, wie alles Verbotene, eine magische Anziehungskraft besaßen. Auch meine Freunde führte ich zu ihnen, um den Grusel mit ihnen zu teilen, bis die Figuren eines Tages verschwunden waren, vielleicht hat sie mein Vater dann doch entsorgt, ohne darüber ein Wort zu verlieren. Denn auch diese SS-Männer, das war mir klar, gehörten in den intimen Bereich hinter verschlossenen Türen oder in staubigen Schachteln, über den nicht gesprochen wurde, ich fragte nicht nach, und so war es, als hätte es sie nie gegeben.

Die Bühne war eine Wunderkammer, eine Märchenwelt, ein Rückzugsraum, der schon meinen Vater verzaubert hatte, wenn er dort oben die weite Aussicht über die Stadt genoss. Beim Heruntersteigen entdeckte er einmal zwischen den Treppenstufen hindurch ein Geheimverlies, das mit rotem

Samt ausgeschlagen war und von dem er mir so plastisch berichtet hatte, dass es mir fast zu einer eigenen Erinnerung geworden war und ich auch die Enttäuschung spürte, die sich dann einstellte, als er zur Kenntnis nehmen musste, es bloß mit einem abgestellten alten Sessel zu tun zu haben. Der perspektivische Ausschnitt hatte ihn zum Narren gehalten.

Jetzt hatte der Dachboden all seine Geheimnisse verloren. Wir fanden das leere Haus bei diesem letzten Besuch düster und beklemmend, fast hatten wir ein wenig Mitleid mit dem Käufer, der daraus sein helles, schönes Utopia formen wollte. Ein Stuttgarter Antiquar hatte sich der verwertbaren Dinge angenommen, der Teppiche, der Winterlandschaften in Öl von Walter Strich-Chapell und des verbliebenen Tafelsilbers, vor allem aber der schwarz lackierten Gründerzeitmöbel im sogenannten Salon, der die meiste Zeit des Jahres verschlossen geblieben war, um nur an Weihnachten und zu besonderen Anlässen betreten zu werden. Als Kind beeindruckte mich vor allem der Eisbär aus Meissner Porzellan, der auf dem schwarzen Büfett die Jahrzehnte überdauert hatte, jetzt aber mit dem gesamten Inventar verschwunden war.

Zuvor hatte mein Vater schon alles verkauft, was sich verkaufen ließ und was er nicht nach Kanada mitnehmen wollte, auch meine Märklineisenbahn, die in der Weihnachtszeit ihren Platz im Salon gefunden hatte, Gleisstrecken mit verschiedenen Lokomotiven, die durch Tunnel und über mehrere Brücken eine Berglandschaft durchquerten, die Vater liebevoll gestaltet hatte, bis ich sie eines Tages in kindlicher Unschuld zerstörte, weil es mich nach anderen Streckenführungen verlangte. Die Abwechslung ging auf Kosten der Schönheit, denn von da an fuhren die Züge über nackte Pressspanplatten, und ich verlor wenig später die Freude daran.

Meinen Vater muss dieser Akt der Destruktion geschmerzt haben, aber ich kann mich nicht erinnern, dass er sich deshalb beklagte. Ich hatte mir sowieso nie vorgestellt, dass in seinem Inneren Gefühle geborgen sein könnten, auch er war so ein Raum mit geschlossener Tür, die sich nicht öffnen ließ. Vielleicht war sein kommentarloser Verkauf der Anlage, die ich mir als Summe zahlreicher Geburtstags- und Weihnachtsgeschenke angespart hatte, seine späte Revanche. Seinem Auflösungsrausch fielen aber auch mehrere uralte Folianten aus dem Familienbesitz zum Opfer, schweinslederne Atlanten mit handgemalten Karten und unvollkommenen Vorstellungen der Welt, die ich an langen Winternachmittagen stets mit Ehrfurcht aus dem Bücherschrank genommen und durchgeblättert hatte.

Nur wenige Dinge überleben den Tod ihrer Eigner, die ihnen Sinn und Bedeutung verliehen haben. Der Tod verwandelt sie in Gerümpel, das die Hinterbliebenen dann wegschaffen. Sogar Bücher, die doch eigentlich in jedes Regal passen, tragen eine persönliche Signatur, Gebrauchsspuren, Eselsohren, Fettflecken, Anstreichungen, Randnotizen und eingelegte Zettel, die auf eine Lesegeschichte und damit auf die Beziehung verweisen, die sie zu ihrem Besitzer unterhielten. Bücher meiner Tante, die ich mitnahm und ins eigene Bücherregal verpflanzte, Lexika vor allem und Literaturwissenschaftliches, blieben dort Fremdkörper, es sind immer noch die Bücher der Tante, die, um sie vor dem Untergang zu retten, ein Asyl erhalten haben. Die Schriftstücke jedoch, mit denen sie ihren Deutschunterricht vorbereitet hatte, schmiss ich weg. Ihre Aufzeichnungen waren mit ihrem Tod nutzlos geworden, zumal sie eine fürchterliche Deutschlehrerin gewesen war, die zu jedem vom Lehrplan vorgeschriebenen

Werk die vorgeschriebene Interpretation abfragte. Auf Karteikärtchen hielt sie in feinster Bleistiftschrift fest, was Goethe-Schiller-Mörike uns hatten sagen wollen. Ich hatte ihre Unterlagen an ihrem Schreibtisch sitzend durchgeblättert und über den Fleiß gestaunt, mit dem sie Literatur in Lehrstoff verwandelt hatte, um damit Generationen von Schülern aus dem Reich der Literatur zu vertreiben. Und doch tat es mir leid, ihr Lebenswerk im Papiercontainer zu versenken, aber welches Museum verstaubter Pädagogik hätte etwas damit anfangen sollen.

Das Leerräumen des Hauses war der endgültige Bruch mit der Familiengeschichte, nach meiner frühen Flucht und nach dem Bruch, den mein Vater mit seiner Emigration vollzogen hatte. Im Haus, das ich mit A. und dem Jungen in Tübingen bewohne, gibt es keinen Dachboden und also auch keine Geschichte. Die Tradition ist abgeschafft, denn so ist das in einer Moderne, in der man von hier nach dort umzieht und es die große Ausnahme ist, wenn jemand an einem Ort bleibt, dem seiner Vorfahren gar, und zwischen all den Dingen weiterlebt, die sich dort angesammelt haben. Wir definieren unsere Räume selbst, die wie Raumstationen im Irgendwo entstehen. Doch wir dürfen nicht vergessen, wo wir herkommen. Der zwölfjährige Junge, der so wie A. und ich im neuen Haus gerne heimisch werden möchte, interessierte sich deshalb heftig für die Sachen, die ich aus dem Elternhaus mitbrachte: neben alten Fotos ein kupfernes, funktionsunfähiges Barometer, eine Sanduhr im Holzgehäuse (die herunterfiel und zerbrach) und vor allem die mit einem zärtlichen Rasseln und Fauchen schlagende Standuhr aus der Hinterlassenschaft eines Urgroßvaters, die über meine Mutter und das Haus im Schwarzwald zu mir gekommen ist und die wir nach der Lektüre der *Unendlichen Geschichte* zu Ehren des dort agierenden Glücksdrachens Fuch-Uhr nannten. So wurde sie mit ihrem neuen Namen in die neue Familie aufgenommen, und es spielte keine Rolle, dass sie für mich angereichert war mit Geschichte. Ich wusste noch, wo sie im Treppenhaus bei meiner Stuttgarter Großmama stand, die behauptete, in ihrem Bauch wohnten die sieben Geißlein. Ich hörte sie noch bei meiner Mutter schlagen, während sie am Flügel saß, ohne sich von diesem Dröhnen irritieren zu lassen. Und sie stand in den Jahrzehnten meiner Ehe in der Berliner Wohnung, wenn auch mit abgestelltem Schlagwerk und so sensibel, dass sie bei jedem Wetterwechsel den Dienst einstellte. Die Zeit war für diese Uhr eine relative Sache, die mal schneller, mal langsamer, manchmal auch gar nicht oder erst dann verging, wenn man sie ein bisschen streichelte und ermunterte. Es schien so, als reagiere sie auf alle Stimmungen im Raum und rede auf diese Weise mit wie ein Haustier.

Die Malerin hob alles auf, was der Dichter hinterlassen hatte. Sie hielt seine Dinge am Leben und damit auch ihn, und indem sie ihn am Leben hielt, hielt sie auch ihre Liebe fest, die, wie ich erst nach Fertigstellung des Manuskripts zu ahnen begann, zu seinen Lebzeiten wohl weniger unerschütterbar gewesen war als nach seinem Tod. Sie kam mir vor wie eine Schamanin, eine Zauberin, die ihn bezirzt und nicht mehr aus ihrem Machtbereich entlassen hatte. Doch diese Kirke verwandelte nicht Männer in Schweine, wie einst die Gefährten des Odysseus, sondern machte, mythologisch gesprochen, aus dem Schwein einen Dichter, das war ihre Verschönerungsleistung, und an diesem Dichter hielt sie unerbittlich fest. Ich begann zu begreifen, dass Erinnerung keineswegs das Gegenteil von Verdrängung ist, sondern bloß eine andere Form davon, und dass es alle möglichen Mischungsverhältnisse des erinnernden Verdrängens oder verdrängenden Erinnerns gibt. Das, was in diesem Grenzbezirk entsteht, nennen wir dann Geschichte.

Seinen schriftlichen Nachlass hatte der Dichter noch persönlich der Akademie der Künste vermacht, die Papiere in einem seiner geliebten Überseekoffer verstaut und eigenhändig mit der Sackkarre ins Archiv befördert. Jeden Sonntag schrieb er der Malerin einen Liebesbrief, mit Worten, die sie nur insgeheim zu flüstern wagte. Dazu zeichnete er ihr jedes Mal eine Sonntagsrose aufs Papier und daneben sich selbst als Mann mit Hut, der die Rose seiner dunklen, schlafenden, ihn mit ausgestreckten Armen erwartenden Schönen überreicht. Er zeichnete sich und sie als eng umschlungenes Paar auf einem Schiffsdeck oder sie als Prinzessin im Zirkuswagen. Mal lehnten sie nackt nebeneinander an der Reling und blickten auf eine Palme und eine Taube mit einem Ring im Schnabel, mal kniete sie als Nymphe neben einem Teich, aus dem ein Fisch ihr den Ring entgegenstreckte. Die Briefmarken und die Stempel auf dem Umschlag zeichnete er auch. Und ganz egal, ob er die Briefe per Sonntagnachmittagswölkchenmail, Sommerzeit-, fliegende Hand und Teppichmail, Treppauf-, Wogen-, Ballon-, Nacht-, Mund-, Amsel- oder Meerbalkonmail verschickte, ob er die Kaffee-, die Boten- oder die Hutpost bemühte, der Sonntagsbriefträger war am Ende doch immer er selbst. Kunstvoll zelebrierte er den kindlichen Wahn der Liebe, die es nur gibt, indem wir sie erfinden und erschaffen, jeden Tag aufs Neue. In seinen schweren Schuhen stapfte er schnaufend die Treppe hoch, klopfte an ihre Wohnungstür, wartete, dass sie ihm öffnete und er in ihre violett gestrichene Küche eintreten durfte. Unter seinem Hutband steckte ein Schild mit der Aufschrift »Sonntagsbriefträger«. So spielten sie Liebende, weil sie begriffen hatten, dass das ein ständig zu wiederholendes Theaterstück ist oder eine Erfindung, die nur in der endlos wiederholten Bestätigung von Dauer sein kann. Die Liebe ist ein Kunstwerk, an dem zu arbeiten in den Augen der nüchternen Welt naiv und bescheuert wirken muss, und ich verstand, dass ja auch ich so ein Liebesbriefbote mit Hut und schönen Worten war, deren Wahrheit sich in der Wiederholung verfestigte.

»Nymphe« und »Prinzessin« hatte die Malerin dann aus dem Manuskript herausgestrichen. Aus den schweren Schuhen hatte sie »bequeme« gemacht, der Dichter stapfte auch nicht mehr, denn er stieg gewissermaßen topfit und keineswegs schnaufend die steile Treppe hinauf, klopfte nicht, sondern klingelte und betrat die Küche, die nicht violett, sondern karminrot gestrichen war, und auf dem Zettel an seinem Hut stand: »Express-Geburtstags- und Liebesbote«. Den Hut mit genau diesem Zettel bewahrte die Malerin in ihrer Wohnung auf; er lag gleich neben der Zimmertür auf einer Seemannskiste und bestimmte von dort aus ihre Erinnerung. Dabei war der Dichter jahrelang jeden Sonntag als Liebesbriefbote bei ihr erschienen, und sie hatte mir erzählt, dass er bei jedem Auftritt einen anderen Zettel an den Hut gesteckt hatte, der jetzt neben einer roten Rose und zu Füßen eines seiner Selbstporträts – nackter Mann mit Hut am Strand – zur Reliquie herangereift war.

Auch sein Kabuff erhielt die Malerin unverändert und zahlte die Miete einfach weiter. Sein Name stand immer noch am Klingelbrett, als könne man ihn jederzeit besuchen. Es dauerte jedoch lange, bis sie es mir bei einem meiner letzten

Besuche zeigte. Ich musste mir ihr Vertrauen und den Zugang erst verdienen, den Blick ins Allerheiligste. Er hätte es auch Kajüte nennen können, so klein war dieser Schutzraum. Zuvor war es die Küche der angrenzenden Wohnung gewesen. Deshalb gab es Wandfliesen überm Bett, die er mit einer türkisblauen Karte der Südsee verhängt hatte. Zwischen Bett und gegenüberliegende Wand passten ein Stuhl, ein Beistelltischchen und zwei seiner Seemannskoffer, auf denen seine Dinge ausharrten: eine zierliche Menora, eine blaue Flasche, auf die die Malerin eine üppige Nackte gemalt hatte, damit er sich nicht alleine fühlen müsste, eine Schiffslaterne stand daneben, hölzerne Kästchen und Schälchen mit kleinen Kostbarkeiten und Liebesgaben, das Modell eines Segelschiffs, eine Teekanne aus Messing, in der Zimmerecke eine Gitarre, an der Wand ein Bildnis der Mama und ein Foto seiner geliebten Oma, dazu getrocknete Rosen, kunstfertig verknotete Seile, Seekarten. So umgab er sich mit Vertrautem, spann sich ein unter Deck, mehr Platz brauchte er nicht. Es reichte ihm, sitzen zu können, um vor sich hin und hinaus ins Weite zu brüten. Zum Schlafen ging er sowieso fast immer nach oben zur Malerin; sie mussten sich schon sehr schlimm gestritten haben, um in der Nacht nicht beieinander zu liegen. Mehrere seiner Fensterrahmenbilder, die der Malerin die Schamesröte ins Gesicht trieben, lehnten an der Wand: ein Mann mit Hut, der vor einer drallen Schönheit kniet, um sie zu lecken, und eine andere Nackte, die sich mit einem Schwämmchen die gespreizten Schenkel säubert. Ihr habe er auf ihre Bitte hin später einen Handtuchzipfel über den klaffenden Spalt gemalt, aber davon wollte die Malerin im Manuskript nichts mehr wissen. So offenherzig und unverklemmt sie erzählte, so skrupulös verhielt sie sich gegenüber dem Text, indem sie diese Bilder unsichtbar machte und den Dichter auch nicht ins Weite brüten lassen wollte. In ihrer Version tippte er fleißig seine Texte, las, schrieb Briefe und dachte nach und weit voraus, er war nicht nur Dichter, sondern hellwacher Denker, aber wo, bitte, blieben seine Gedanken?

Über seinem zwergenhaften, viel zu niedrigen Schreibtisch, an dem zu arbeiten mir kaum möglich schien und auf dem er ein aus seinem Dorf stammendes Schild mit der Aufschrift »Privatwiese« abgestellt hatte, hing ihr Doppelporträt, das die beiden als ernstes, schönes Paar auf einer Brücke in Venedig zeigte. Das Weinglas, das die Malerin ihm da in die Hand gegeben hatte, war nicht nur aus ästhetischen Gründen vorhanden, doch es sah aus wie ein bloßes Utensil, ein symbolisches Versprechen und als solches unberührbar. Ein volles Glas auf einem Bild bleibt für immer voll. Mit Hut, weißem Hemd und schwarzer Weste, die Augen blau umschattet, schien mir der Dichter zur Ikone veredelt. Sie, im purpurnen Kleid an seiner Seite, hielt mit der rechten Hand eine weiße Vogelfeder vor der Brust, die Linke hatte sie erhoben und zur Schale geöffnet, als erwarte sie, dass ein Vogel sich darin niederlasse, doch in ihrem Blick verfestigte sich die Sorge um ihn. So standen sie nebeneinander und schauten nach vorn, sie ganz schwarz, er sehr blond, über seiner Schulter auf der Balustrade eine nackte Frau, die sich im Gebüsch räkelte und ihm lockende Blicke zuwarf, und hinter ihnen ein Kanal, der sich zwischen den Häusern zum Meer hin öffnete.

Ich wusste aus ihren Geschichten, dass die Venedigreise eine ziemliche Katastrophe gewesen war, weil der Plan, ein von ihm wieder einmal liebevoll restauriertes Boot zu Wasser zu lassen und übers Mittelmeer zu kreuzen, scheiterte. Dieses Segelboot war das schönste, das ihm je gelungen war, weiß und schlank, Bug und Bauch weich gerundet wie der Leib einer Frau, es kam dem Ideal des Schiffes, nach dem er strebte, nah, und die Segel blähten sich schon, bevor der Wind sie berührte. »Jona« hieß das Schiff, mit dem sie auf dem Mittelmeer ein neues Leben beginnen wollten. Die Malerin würde an Bord malen, der Dichter würde dichten, das war der Plan. Sie würden der Küste entlang in einsamen Buchten ankern, und vielleicht fänden sie irgendwo ein abgelegenes, stilles Haus, von dem aus das Meer und das Schiff zu sehen wären. Er würde nicht mehr trinken und würde sie beide vom Fischfang ernähren; sie könnte an Land bleiben und malen, wenn er in der Morgenfrühe lossegelte, um zu fischen und am Abend zurückzukehren in ihre erwartungsfrohen Arme. Die Jona war schön genug, um sich nichts anderes zu wünschen.

Per Bahn ließ er das Schiff über die Alpen nach Venedig transportieren. Es wurde auf einen Güterwaggon verladen, doch es dauerte sechs Wochen, bis eine Lok kam, um den Waggon abzuholen. Sechs Wochen lang lebten sie auf dem aufgebockten Schiff und wurden zu einer kleinen Touristenattraktion, wenn sie da oben ihre Suppe aßen. Sie feierten ein großes Abschiedsfest mit den Freunden, weil sie nicht so bald zurückkehren würden. Doch kaum in Venedig angekommen – die Jona stand am Kai auf dem Trockenen –, fiel dem Dichter ein, dass er doch vor allem ein Dichter war und dann erst Seemann. Und er war auch Schiffsbauer, Schreiner, Maler, Rahmenmacher. Alles, was er mit den Händen herstellte, ob Schiff oder Schrift, war Werkstück, war Werk. Er machte da keinen Unterschied. Doch etwas herzustellen war wichtiger, als damit herumzufahren: Im Erschaffen liegt die Bewegung. Sind die Dinge erst einmal fertig, lässt man sie los und wendet sich Neuem zu. Das Schiff ließ er genau so, wie es gekommen war, wieder zurückverfrachten, ohne dass es mit dem Meer in Berührung gekommen wäre. Beim Transport wurde es schwer beschädigt und ausgeplündert, so dass von dem Boot, das der Idee des Schiffes so nah gekommen war wie kein anderes, nur ein Torso übrigblieb.

Kunst ist dazu da, die Wirklichkeit zu verschönern und den Künstler in seiner Arbeit ebenso wie den das Bild erschließenden Betrachter zu verwandeln, hatte ich zum venezianischen Doppelporträt geschrieben. Die Malerin hielt diese Auffassung für Kitsch, wie ich ihren Randnotizen entnehmen konnte. Kunst sei dazu da, sich die Welt zu erklären, setzte sie dagegen, als wäre sie eine nüchterne Verfechterin der Aufklärung, der Schönheit verdächtig ist. Das mag ein Echo der kritischen Epoche der 60er Jahre gewesen sein, doch für ihre eigenen Bilder, die in ihrer Farbigkeit und üppigen Dinglichkeit doch schön zu nennen waren, galt das nicht. Ihre surrealistischen Figuren und Motive verwiesen auf die Schicht der Träume und ein bildhaftes Unbewusstes und nicht auf die begriffliche Vernunft. Doch in welchem Verhältnis standen die beiden Ebenen zueinander? Das blieb auch in jener Zeit unausgemacht, als der Dichter und sie auf der Straße Theater spielten, als sie am Oranien- oder am Hermannplatz seine Agitprop-Stücke über Mietwucher und Ausbeutung aufführten. Der Dichter sprach damals von Kommunismus, doch das war für ihn eher ein ästhetischer Begriff, der mit der politischen Wirklichkeit des Sozialismus hinter der Mauer am Straßenende nichts zu tun hatte: Die rote Fahne war einfach nur schön. Er ersehnte eine Welt der Freundlichkeit mit vielen bunten Luftballons statt einer Welt voller Finanzämter, die ihm humorlose Mahnungen schickten.

Auch ich war als Nachkömmling der 68er-Generation im Bewusstsein einer selbstverständlichen, politisch links zu verortenden Verpflichtung auf Kritik und mit notorischem Grundmisstrauen gegenüber dem Staat aufgewachsen. Daran hatte sich nur langsam etwas geändert, indem mir dieses andauernde Kritischseinmüssen allzu erwartbar und ritualisiert vorkam. Vom Dichter ließ sich lernen, dass die Veränderungskraft einer programmatischen Freundlichkeit viel größer ist als das Kultivieren schlechter Laune, bloß weil man glaubt, in einer schlechten, falsch gemachten Welt zu leben. Auch das Verschönerungspotential der Kunst und der Liebe ist eine Form der Kritik, weil verschönern verändern bedeutet. »Haben Sie etwas gegen Schönheit?«, war der erste Satz, den A. zu mir sagte, als wir uns auf einer Tagung zu Ernst Jünger kennenlernten, und während sie weiterredete und ich sie dabei auf eine Art und Weise anschaute, wie sie – das verriet sie mir später – noch nie angeschaut worden war – so begehrend, als wolle ich sofort und ohne Weiteres mit ihr ins Bett, aber ohne das schon zu wissen und ohne zu ahnen, wie ich starrte, unschuldig, ausgehungert –, lauschte ich weniger ihren Worten als ihrem Sprechen. Sie rollte das R so, dass jedes einzelne Wort wie ein Steinchen auf ihrer Zunge klirrte und sich dort von etwas bloß Klanglichem in etwas Leibliches, ihr Zugehöriges verwandelte und die einzelnen Wörter mir wie Lebewesen entgegenkamen, die sie in meine Richtung laufen ließ. »Ich habe nichts gegen Schönheit«, antwortete ich, und schon waren wir aufs Schönste ineinander verhakt und lasen bald gemeinsam, dass das Schöne »nichts als des Schrecklichen Anfang« ist, »den wir noch grade ertragen, und wir bewundern es so, weil es gelassen verschmäht, uns zu zerstören«. Dieses von Jünger und Rilke bestimmte Schöne, das den Tod und die

Vernichtung kennt, meinten wir. Und diese Art von Schönheit muss wohl auch mein Vater in der Natur, in den Bergen vor allem, gesehen haben, Hölderlin war sein Wegbegleiter. Das Risiko der Verklärung des Gegenüber oder der eigenen Verblendung ist darin immer enthalten, der stets mögliche Absturz aus der Utopie dieser Höhenzüge, die ja nichts sind als ein fernes Versprechen, das sich aus der Nähe in eine mühsame Kletterpartie verwandelt.

Jedes Wort, auch wenn es nur beschreibt, deutet schon. Es gibt keine Darstellung, die nichts will, und sei es auch nur, den Gegenstand so zu zeigen, wie er ist. Aber was wäre er, wenn nicht das, als das er sich dem jeweiligen Betrachter zeigt? Die Malerin hatte durchaus recht, wenn sie mir vorhielt, meine Darstellung sage mehr über mich aus als über den Dichter. Ja, was denn sonst, hätte ich erwidern können, das gelte doch ebenso für ihren Blick auf ihn. Es gibt keine richtige Beschreibung, kein wahrhaftiges Erfassen, keine unvoreingenommene Erklärung, weshalb ein Künstler auch nicht unbedingt im Vorteil ist, wenn es um die Deutung seines eigenen Werkes geht. Der Irrtum meiner Tante als Deutschlehrerin bestand darin, im Kunstwerk einen festen Bedeutungskern zu vermuten, der sich herausoperieren ließe, eine hineingepflanzte Intention des Schriftstellers als das, was er eigentlich sagen wollte. Warum aber würde er, wenn er das so genau wüsste, dann nicht ganz einfach klar und deutlich sagen, was er meint, anstatt das Gemeinte im Kunstwerk zu verbergen? Kunst ist doch kein Ratespiel! Wissen und Wahrheit changieren darin, weil sie erst in der Begegnung mit dem Betrachter oder dem Leser entstehen.

Auch das Doppelporträt löste sich aus dem Moment, auf den es verwies, löste sich von der Absicht der Malerin und wurde zu etwas Eigenem, das aus sich heraus lebt. Waren das überhaupt noch er und sie, oder hatten sie sich in Figuren verwandelt, mit denen sie nur noch der Anlass verband? Ohne diese Ablösung bliebe das Bild als bloßes Abbild künstlerisch uninteressant. In mein Buch, von dem ich fürchten musste, dass es nie erscheinen würde, hatte ich eine Episode aus der Kindheit des Dichters aufgenommen, die diese Erfahrung unterstreichen sollte. Die Geschichte handelte von ihm und seiner Mutter, der er ein Gestell für die Töpferscheibe in ihrer Werkstatt zimmerte, wo sie aus Ton den Kopf einer Frau modellierte. Dem Mann der Frau, der die Büste in Auftrag gegeben hatte, gefiel das entstehende Werk, die Frau selbst fand dagegen die Nase zu lang, den Mund zu üppig, die Locke zu gewellt, weil Menschen sich nicht so sehen wollen, wie sie gesehen werden können. Die Mutter wusste nicht, was zu tun wäre, ließ den Kopf auf dem Gestell stehen, lief verzweifelt herum und fand ihn, als sie an den Arbeitsplatz zurückkehrte, zu ihrer Bestürzung auf dem Boden liegen, das Gestell war gebrochen und umgekippt. Jetzt sah der Kopf so aus wie ein Bild von Picasso, die Nase schief, die Augen verschoben, der Schädel abgeflacht, und während draußen ein heftiges Sommergewitter niederging, weinte sie, bis der Sohn sie tröstete: »Jetzt ist es viel richtiger als zuvor!« Und tatsächlich: Der Sturz auf den Boden hatte den Kopf aus seiner Abbildhaftigkeit, aus dem Zwang korrekter Maße und Proportionen erlöst. Jetzt war klar, dass es um etwas anderes ging. Damit war dann auch die Dargestellte zufrieden.

Die Malerin strich den ganzen Absatz und schrieb mit Entschiedenheit daneben: »Diese Geschichte gibt es nicht!« Für ihren Geschmack war das ein weiteres Beispiel dafür, dass ich Kunst herabmindere und in meinen Worten alles billig werde.

Ich aber fand die Geschichte schön, fand es rührend, wie die Mutter die Mitwirkung ihres Sohnes hervorhob, der gerade dadurch, dass sein Holzgestell umkippte, zum Gelingen des Werkes beitrug. Es spricht auch nicht gegen die künstlerische Intuition, wenn im Schaffensprozess manches dem Zufall oder gar einem Unfall überlassen bleibt. Die Mutter des Dichters hatte die Geschichte in einem Brief festgehalten, der in einem ihrer Ausstellungskataloge abgedruckt ist. Den Katalog hatte die Malerin selbst mir mitgegeben, so war ich darauf gestoßen. Die Geschichte gibt es also durchaus, falls die Mutter des Dichters sie nicht bloß erfunden hat. Aber auch dann gäbe es sie ja.

Meine Eltern hätten in dieser Geschichte die Auftraggeber sein können, denn auch sie huldigten der Kunst und hatten einst einen Maler entdeckt, der sie begeisterte und der ihre Welt verschönerte. Dieser Maler hatte sich auf aquarellierte toskanische Landschaften, durchsichtige Himmel und wässrige Blumenstillleben spezialisiert, und es war wohl zuerst meine Mutter, die sich an den transparenten Farben berauschte, bevor ihre Beglücktheit sich dann auch auf Vater übertrug. Wir besuchten den Maler in der Schweiz, einen jungen, bärtigen, schüchternen Mann, saßen in seinem Atelier, wo er uns Himmel um Himmel und Hügel um Hügel zeigte, wo mich, den Knaben, aber viel mehr seine Frau beeindruckte, weniger wegen ihrer Wandteppiche mit wilden Tieren, Halbmond und Gezweig, als wegen ihrer kajalumrahmten Augen, die ihr etwas Katzenhaftes verliehen, und tatsächlich meine ich mich zu erinnern, dass sie eine Katze in ihren Armen hielt, die sich schnurrend streicheln ließ. Mutter erwarb einen dieser Teppiche, der später, nach ihrem Auszug, im Schwarzwald über ihrem Flügel hing, Vater kaufte mehrere zypressendurchfurchte Aussichten in Orange, Ocker und Silber und schaffte es sogar, dem Maler eine Ausstellung in einer Ludwigsburger Galerie zu ermöglichen, deren Vernissage wir dann im feierlichen Bewusstsein durchschritten, einen Künstler nicht nur persönlich zu kennen, sondern auch zu fördern. Wir schenkten ihn gewissermaßen der ganzen Stadt, und wieder kauften meine Eltern ein, sie waren wie besessen, so dass bald auch bei der Tante und der Großmutter und bei der weiteren Verwandtschaft toskanische Aquarelle Einzug hielten und genügend Bilder vorhanden waren, als meine Eltern nach der Scheidung die sanften Landschaften, die zarten Blumen und die dramatischen Himmel unter sich aufteilten, womit die Toskana in den Schwarzwald und auch nach Kanada geraten sein dürfte.

Einer dieser expressiven Himmel hängt inzwischen in meinem Landhaus in der Uckermark, ein Erbstück meiner Mutter mit dem Titel *Der Sturm*, das mir zwar nicht wirklich gefällt, das aber als Erinnerung dort im Flur seinen Platz gefunden hat, wo ich auch eine Ahnengalerie mit Gemälden und Fotos streng blickender Vorfahren eingerichtet habe, die Urur- und die Urgroßmutter, ausstaffiert wie für einen Wettbewerb phantastischer Kopfbedeckungen; die eine balanciert etwas Sofakissenartiges auf dem Kopf, die andere ist mit einer spitz zulaufenden Sahnehaube verziert, die von einer plusterigen Feder gekrönt wird. Auch meine Ururgroßmutter blickt mir da scheu, fast ängstlich aus einem Goldrahmen entgegen, sie duckt sich unter ein Spitzenhäubchen mit einer rosa Schleife auf der Brust und verbirgt sich in einem braunen, kunstvoll geschlungenen Gewand. Daneben hängt ein jugendliches Brüderpaar aus der Mitte des 19. Jahrhunderts, festgehalten in Öl, mit großen weißen Kragen und einem Kratzer auf der Nase. Wer diese Vorfahren sind, ist mir schon nicht mehr klar, auch wenn etwas von ihnen in mir aufgehoben sein mag. Sie alle sind da als postmoderne Zitate versammelt, mit dem gebotenen Ernst und gewissermaßen ironisch, das ist es, was von der Familie bleibt.

Inzwischen war die kanadische Nacht hereingebrochen, eine undurchdringliche Finsternis, die sich wie eine Wand erhob. Vor mir schnitten die Scheinwerfer eine Lichtschneise ins Dunkel, an der seitlich die Bäume vorbeihuschten. Ab und zu leuchteten am Straßenrand die glühenden Augen eines Tieres auf, eines aus dem Winterschlaf erwachten Bären womöglich, oder Schilder, die auf Gefahren, irgendwelche Sehenswürdigkeiten, Nationalparks und heiße Quellen hinwiesen. Ich nahm nichts davon wahr, starrte nur noch auf die Straßenmarkierungen, ließ ab und zu das Seitenfenster herunter, um mich mit einem Schwall kalter Luft wachzuhalten, so glitt ich dahin, und alles, was Kanada für mich war, war diese schwarze Nacht, und die Straße war ein Strich auf dem Navigationsgerät, ein abstraktes Zeichen, dem ich folgte. Die Wirklichkeit hatte sich in eine bloße Möglichkeit, in eine Unwahrscheinlichkeit verwandelt. Selbst die seltenen Ortschaften, die auch tagsüber kaum zum Vorschein kamen, verschwanden darin, tauchten ab ins Dunkel, verbargen sich hinter Kurven und Abzweigungen, bis das Städtchen Revelstoke sich zuerst mit einer Shell-, dann mit einer Chevron-Tankstelle bemerkbar machte und kurz darauf eine im Licht badende McDonalds-Filiale auftauchte, in der ein paar einsame Esser mit Baseballmützen saßen. Vor dem Gebäude stand als Erkennungszeichen ein großes, gelbes, leuchtendes M, und tatsächlich nahm ich es dankbar hin als Zeichen der Zivilisation. Über der nahen Straßenkreuzung blinkte eine Ampel, außer mir war aber niemand unterwegs, dabei war es für die Einheimischen noch lange nicht so spät wie für mich mit meiner mitgebrachten mitteleuropäischen Zeit. Im Schritttempo fuhr ich über eine schmale Hängebrücke, deren Eisenträger im Rhythmus des orangenen Ampellichts zuckten. Auch die Brücke war eingepackt in Nachtschwärze, so dass vom Columbia River nichts zu sehen war. Irgendwo unter mir musste sich der Fluss befinden, es hätten aber auch Eisenbahngleise oder das pure Nichts sein können. Ich wusste, dass dies die letzte schmale Stelle und nur hier noch eine Brücke möglich war, denn südlich davon verbreiterte sich der aufgestaute Fluss zum See, an dem ich nun, hinter der Brücke links auf den schmaleren Highway 23 abbiegend, entlangzufahren hatte. An der Abbiegung war auch schon der Wohnort meines Vaters ausgeschildert, doch bis dahin hatte ich noch etwa 100 Kilometer zu überstehen, immer weiter durch Wald und Nacht und immer am Fuß der Berge und am Ufer des Sees entlang, der hinter den Bäumen allenfalls zu vermuten war.

Ich konnte mir nicht vorstellen, jemals anzukommen. Dass da ein Städtchen auftauchen würde, hielt ich für unwahrscheinlich. Viel wahrscheinlicher war es, am Steuer einzuschlafen. Und doch musste irgendwo da draußen ein Krankenhaus mit Krankenhausfluren und Krankenhauszimmern existieren, wo mein Vater, wenn er nicht schon gestorben war, in einem dieser Pflegebetten mit Seitengitter lag, ich stellte mir die Maschinen um ihn herum vor, hörte das Piepsen der lebensunterstützenden Geräte, sah die tropfende Infusionsflasche und den Nachttisch mit einer Schnabeltasse und einem Becher Joghurt, von dem er, wie ich von der Steuerberaterin wusste, immerhin ein paar Löffelchen runtergeschluckt hatte, womit er der aus medizinisch-ethischer Sicht unvermeidlichen Zwangsernährung entgangen war. Das war aber auch schon wieder einige Tage her. Was ihn noch am Leben hielt, war sein Wille zu sterben, denn wo ein Wille ist, muss auch Leben sein. Am Karfreitag war es ihm fast gelungen, diesen Willen durchzusetzen oder vielmehr loszulassen, die Ärzte, die ihn mehrfach durchgecheckt, aber nichts gefunden und keine Diagnose gestellt hatten – ihm fehlte medizinisch betrachtet nichts –, hatten ihn bereits aufgegeben, aber dann setzte vom Flur her Country-Music ein, Chorsänger im Hasenkostüm mit langen rosa Ohren öffneten alle Zimmertüren und klatschten fröhlich in die Hände, schauerlich genug, um Vater das Sterben unmöglich zu machen. Er öffnete die Augen und kehrte zurück in das, was er hasste.

Er liebte klassische Musik, Klaviermusik vor allem, und hatte im Lauf seines Lebens eine imposante Platten- und CD-Sammlung zusammengetragen. Während meine Mutter es vorzog, selbst zu spielen und den Klavierlehrer zu lieben, hörte er Klaviermusik und wurde darin zu einem Fachmann. Abends verdunkelte er das Zimmer, setzte seinen ultrateuren Kopfhörer auf, schenkte sich ein Glas Rotwein ein und versank im Klang. Dafür lebte er. Emil Gilels, Swjatoslaw Richter, Arturo Benedetti Michelangeli: Hätte einer von ihnen im Krankenhaus zu spielen begonnen, eine Schubert-Sonate beispielsweise, dann hätte Vater in Frieden sterben können. Es ist paradox, aber es scheint so, als ob es leichter wäre, etwas Schönes, Geliebtes zu verlassen als ein Ärgernis. Die Hasenohren und die schlechte Musik, die ihn zurückholten, waren dagegen etwas, dem er doch gerne entkommen wäre und leicht hätte entkommen können. Aber so trivial will ein Mensch die Erde dann doch nicht verlassen.

Meine Stiefmutter hatte sich schon in der Woche zuvor von ihm verabschiedet. Sie hatte ihm ein paar Sachen zusammengepackt, die sie ihm ins Krankenhaus brachte, seine Pantoffeln, einen Schlafanzug, ein Hemd, die Zahnbürste, aber selbst diese Dinge brauchte er nicht mehr, es war vorbei mit der ganzen Lebensroutine. Dann war sie nach Hause zurückgekehrt, so endgültig, wie dieser Abschied gemeint war. So hatten sie es vereinbart, denn sie fürchtete sich vor dem Sterben oder vor dem Tod und wollte nichts davon zur Kenntnis nehmen. Vater akzeptierte das, wie er alles akzeptiert hatte, was sie oder ihre depressive Verfasstheit ihm abverlangte, vielleicht liebte er sie ja wirklich, ich hatte keine Ahnung. Unvorstellbar, wie dieser Abschied vonstattengehen konnte. Was sagt man, wenn der eine stirbt und die andere nach Hause geht? Komm gut an? Pass auf dich auf? Auf Wiedersehen? Fahr vorsichtig? Und dann die letzte Umarmung oder auch bloß ein Händedruck und die Versicherung, dass es gut gewesen ist, das gemeinsame Leben auf Erden?

Und doch muss er sich sehr verlassen gefühlt haben in seinem Krankenhausbett mit den Gedanken an die abwesende Frau, als er mich bat zu kommen. Die Stiefmutter verschanzte sich im verdunkelten Haus am See, duckte sich dort weg und wollte erst nach seinem Tod informiert werden, die Steuerberaterin hatte sich an diese Direktive zu halten. Mehr als 40 Jahre hatten die beiden miteinander verbracht und sich zusammen eine neue Existenz aufgebaut. Sie hatten den Jahren und den Jahreszeiten getrotzt, bis jetzt, wo mein Vater nicht mehr konnte und seine Frau ihm das womöglich als Verrat auslegte, als ultimatives Verlassen, dem sie nur das eigene Weggehen entgegensetzen konnte. Und während ich meinem sterbenden Vater Kilometer um Kilometer näher kam, verharrte sie in den eigenen vier Wänden, stellte sich tot und rührte sich nicht vom Fleck. Vielleicht war das ihre Form der Liebe, kein sentimentales Händchenhalten und Stirnabwischen, kein Glas Wasser an die trockenen Lippen halten, sondern die radikale Abwendung, solange der Andere noch seine Würde besaß und nicht sabberte und in die Hosen machte. Steckte darin womöglich eine Größe, die ich nicht begriff? Oder zeigte sich darin eine von der Landschaft hervorgerufene Verhärtung, weil man selber zu Stein werden muss, um ihr zu trotzen?

Schwer zu sagen, welche Details eine Rolle spielen und was plötzlich wichtig ist, weil es erzählt werden will. Als bestünde das Leben aus Indianerfiguren auf dem Dachboden, aus den kajalumrahmten Augen einer Schweizer Teppichknüpferin oder aus den Schlüsseln der Tante auf dem Küchentisch. Winzige Momente werden willkürlich herausgegriffen, und schon werden sie zu kleinen Partikeln eines Mosaiks, das fast nur aus Blindstellen besteht. A. – und ich vermisste sie, wie ich da durch die Nacht fuhr, vermisste ihre Hände und ihre Stimme, ihre Worte und ihre Wärme und den Geruch ihrer Haut – hatte erst neulich darauf hingewiesen, dass wir immer nur Einzelnes sehen, einzelne Ansichten, nie das Ganze. Der Tisch, Lieblingsexempel aller Philosophen, diente auch ihr als Beispiel. Wir sehen einen Tisch immer aus einer bestimmten Perspektive, sehen nicht alle vier Beine zugleich und jedes Bein nur von einer Seite, die Platte entweder von oben oder von unten, und doch haben wir einen Begriff vom Tisch, weil wir der Idee Tisch folgen, mit der wir die fragmentarischen

Sinneseindrücke zu einer Einheit formen und dazu sagen: Tisch. Genauso verhält es sich auch mit komplexeren Zusammenhängen, mit einer Biographie oder einem Liebesverhältnis. Wir sehen Einzelheiten, schauen aus wechselnden Perspektiven und verknüpfen die Eindrücke, indem wir erzählen. A. nennt das Logos. Gemeinsam sagen wir: Wir bauen uns in der Sprache ein Haus. Dann sitzen wir nachts in Wintermänteln auf der Terrasse, trinken Rotwein und rauchen, ich Zigaretten und sie Zigarillos, deren wichtigste Funktion darin besteht, niemals zu enden, denn es sind Versuche, der Müdigkeit wenigstens ein paar Tropfen Ewigkeit abzupressen und ein Gespräch zu beginnen, das sie gerne mit dem Satz: »Ich vermisse das Gespräch« forciert, und so harren wir dann noch eine Zigarette, noch ein Zigarillo und noch ein Glas lang aus, weil wir immer zu wenig sprechen und zu wenig voneinander wissen, bis wir dann fast schon zu müde sind, um noch ins Bett zu finden.

Seit meinem Auszug aus dem Elternhaus vor – und da musste ich die Finger zu Hilfe nehmen, um nachzurechnen – genau 40 Jahren, hatte ich weder meinen Vater noch die Stiefmutter wiedergesehen, außer auf den wenigen Fotos, die ich von ihnen besaß. Eine Umarmung zum Abschied hatte es damals nicht gegeben, weil ich mit meinem siebzigerjahrehaften Halbmond-Wildledersessel auf der Treppe vor dem Haus stand, als Vater hinter mir die Tür schloss. Tatsächlich gab es sowieso nie Berührungen zwischen uns, vielleicht ein Schulterklopfen von ihm oder einen Händedruck, aber auch daran konnte ich mich nicht erinnern. Ich zog bei Freunden meiner Mutter ein, deren Kinder schon studierten, und bewohnte dort ein Zimmer, das mit einem antikem Sofa und einem kostbaren, mit Intarsien verzierten Tisch möbliert war, neben denen sich mein Sessel, das Weinkisten-Bücherregal und der aus Spanplatten L-förmig aufgebaute Schreibtisch vor dem Fenster ziemlich erbärmlich ausmachten. Die Abendessen wurden auch hier eher schweigend eingenommen, der Hausherr, ein Jurist, der abends schwäbische Schwänke und Anekdotisches verfasste und für einen Heimatschriftsteller galt, trug Strickjacke, rauchte Pfeife und ließ mich mitrauchen, ich mochte ihn gerne, weil er ein aufgeklärter Zeitgenosse mit durchaus progressiven politischen Ansichten war. Seine Frau, die mir sehr norddeutsch vorkam, obwohl sie lediglich aus dem Rheinland stammte, trug das Haar in adretten Wellen, war immer freundlich und interessiert an meinen Aktivitäten, ohne sich jemals einzumischen, es sei denn, die Musik in meinem Zimmer war zu laut. Sie war christlich durchdrungen, musste das aber nicht demonstrativ vor sich hertragen, doch aus ihrer Einstellung heraus kam es, dass sie mir einen aus Eritrea geflohenen Jungen vermittelte, dem ich ein bisschen Deutsch beibrachte, während er mir das Gefühl gab, ein gutes Werk zu tun.

Weder mein Vater noch ich ließen etwas von sich hören. Wir waren beide mit uns selbst und unserer neuen Lebenssituation beschäftigt, bis ich eines Tages eine Nachricht von ihm im Briefkasten fand. »Melde dich, du machst dich rar, dein Vater«, hatte er in seiner krakeligen Arztschrift auf einen Rezeptvordruck gekritzelt, wo er, wenn er einem Patienten Medikamente verschrieb, auch gleich die zutreffende Krankenkasse ankreuzte. Ich meldete mich nicht, doch es war meine Hausherrin, die ihn anrief, als ich im folgenden Winter mit Fieber im Bett lag, so dass er mir einen Arztbesuch abstattete und dabei tatsächlich ein Rezept mit einem Kreuzchen bei der AOK hinterließ.

Eine in einem Fotostudio entstandene Fotografie von Vater und seiner Frau muss aus dieser Zeit stammen. Die beiden stehen vor einem neutralen, braunen Hintergrund, Vater im hellblauen Anzug mit farblich fein abgestimmter Krawatte, der Schädel schon damals fast kahl, obwohl er das schüttere Resthaar lang wachsen ließ, um es straff nach hinten zu kämmen. Das sah immer ein wenig lächerlich aus, wenn er im Wind stand oder aus dem Wasser auftauchte und die langen Haare seitlich an seinem Schädel klebten. Sie, einen halben Kopf kleiner als er, trägt unter der praktischen Kurzschnitt-Ponyfrisur eine blau-weiß-gestreifte Bluse mit Puffärmeln, eine weiße Perlenkette und eine eckige, metallische Brille mit leicht getönten Gläsern, wie es in den 80er Jahren Mode gewesen ist. Beide lächeln und schauen so feierlich geradeaus, als wären sie von der Bedeutung des Augenblicks durchdrungen, bei dem es sich eigentlich nur um ihre Hochzeit handeln kann, warum sonst hätten sie ein Fotostudio aufsuchen sollen, um diese Gegenwart für die Nachwelt festzuhalten. Ihre Blicke richten sich aber so scharf geradeaus, als könnten sie hinter der Linse des Fotografen die Zukunft erkennen und mir in die Augen sehen, der von dort aus auf sie zurückschaut.

Ein ähnliches Foto, das im Wohnzimmer der Tante auf dem Nähtischchen stand, zeigte die beiden vielleicht zwanzig Jahre später, Vater nun ganz kahl, die Stiefmutter ergraut, doch unverändert burschikos. Irritierend jedoch, dass an der Stelle im Zentrum des Bildes, wo bei anderen Paaren Kinder oder Enkel platziert worden wären, ein kleiner Hund Aufmerksamkeit beanspruchte, so etwas Pinscherartiges mit übergroßen Ohren und dunklen, treuherzigen Augen. Der Hund war offensichtlich so sehr Teil der Familie geworden, dass er auch den Fototermin absolvieren musste, als wäre das

Paar nicht vollständig ohne das Hündchen auf dem Arm der Stiefmutter, wo es schon fast zu einem kleinen Menschen herangereift war. Vielleicht ließ sich von der Anwesenheit dieses Hündchens aus begreifen, was die beiden eigentlich zusammenhielt, nachdem ihre große Aufgabe, die gemeinsame Emigration und allmähliche Kanadischwerdung, abgeschlossen war. Das Hündchen, das auf den Namen Odin hörte, wurde eines Tages von einem Schwarzbären zerfetzt, der sich in der Nachbarschaft herumtrieb. Die Stiefmutter verfiel daraufhin in eine ihrer depressiven Phasen, so dass mein Vater den gemeinsam betrauerten Liebling durch ein identisches Exemplar ersetzte und ich nun nicht wusste, ob auf dem Foto noch das Original oder bereits die Kopie, Odin I oder Odin II, zu sehen war.

Wenn A. von mir wissen will, warum ich sie liebe, oder ich von ihr, dann sagt sie ebenso wie ich: Weil ich dich liebe. Das ist keine Tautologie, ergänzt sie dann, die von ihrer Heidegger-Lektüre her den Umgang mit nichttautologischen Tautologien gewohnt ist, sondern die einzig mögliche Begründung eines Ereignisses, das einen Grund nur in sich selbst haben kann, weil jede kausale Erklärung zu kurz griffe und fast schon eine Beleidigung wäre. Weil du schön bist. Weil du klug bist. Weil du reich und erfolgreich bist. Weil du mich ansprichst. Weil deine Haut so gut riecht. Weil die Welt anders aussieht, wenn ich sie mit deinen Auge sehe. Weil du mich veränderst und ich dich. Weil du mich liebst. Egal welche Gründe auch immer genannt werden (und es gibt sehr viele), sie wären doch immer zu gering. Entfiele der noch so gute Grund, dann wäre es auch mit der Liebe vorbei, sofern sie bloß auf diesem Grund beruhte. Hat Vater jemals zu seiner

Frau gesagt: Ich liebe dich? Haben sie sich jetzt, als sie sich voneinander verabschiedet haben, etwas Derartiges gesagt? Oder erübrigt sich das nach so vielen gemeinsam zugebrachten Jahren?

A. hielt das, was mich mit der Malerin verband, durchaus für erotisch grundiert – meine zahlreichen Besuche, ihre Koketterie mit dem Alter, wie sie sich zurechtrückte im Licht oder vielmehr im Schatten oder vielmehr unter meinem Blick und überhaupt das sprachliche Verhältnis zwischen Erzählerin und Zuhörer –, weshalb es ein entscheidender Fehler gewesen sei, dass sie, A., mich einmal zu ihr begleitete. Dadurch habe sich das Verhältnis der Malerin zu mir geändert, sei das vorherrschende Einverständnis gebrochen und in Skepsis umgeschlagen, weil die Malerin sich – zugespitzt gesagt – in einer Konkurrenzsituation wiederfand, auch wenn sie nie versäumte mir aufzutragen, meine wunderschöne Frau zu grüßen, und sie sich stets erkundigte, wie es uns mit unserer Liebe ergehe. Sie verhielt sich als Komplizin in Liebesangelegenheiten, als gehörten wir gemeinsam einer Geheimsekte der Liebeserfahrenen an, aber vielleicht lag genau darin die unsichtbare Konkurrenzsituation, denn das warf die Frage auf sie zurück, wie es eigentlich um die Liebe zwischen ihr und dem Dichter bestellt gewesen war.

Als ich ihr in meiner Eingangsszene, in der sie und der Dichter sich zum ersten Mal begegneten und sofort ineinander verliebten, eine Adlernase zuschrieb, protestierte sie heftig, dabei hatte ich das durchaus wohlwollend gemeint, und auch noch die kräftige Nase, die schließlich daraus wurde, unterkringelte sie im fertigen Manuskript, um so ihre Missbilligung auszudrücken. Sicher hatte ich meine eigenen Absichten und sie die ihren, und wir trafen uns im Gespräch über den Dichter aus verschiedenen Richtungen kommend. Sie erzählte, ich hörte zu und stellte Fragen, doch über die rein sachliche Interessensgemeinschaft hinaus genoss sie die Gegenwart eines jüngeren Mannes und meine Zugeneigtheit, ebenso wie ich ihre Vitalität und die Anwesenheit in der Intimität ihrer Atelierwohnung genoss. Ich empfand es als Privileg, miterleben zu dürfen, wenn sie »im Bilde war«, wie sie es formulierte, wenn sie malte und ich das neue Werk zu sehen bekam, noch bevor die Farben getrocknet waren. Das neue Bild stand auf der Staffelei, an der man vorbeiging, wenn man die Wohnung durch den ehemaligen Dienstboteneingang von der steilen Treppe im Nebenflügel aus betrat und direkt in der violetten, ziemlich ärmlichen Küche landete, in der sicher nicht viel gekocht und noch weniger sauber gemacht wurde und wo sie, wie die Malerin lachend sagte, das Fenster noch nie geputzt hätte, dazu bleibe ihr keine Zeit, aber sie könne ja alles sehen, was es im Hinterhof zu sehen gebe. In der Küche legte ich meinen Mantel über einen Stuhl, hier standen wir, bis das Wasser siedete und sie den Kaffee in einer Stempelkanne aufgoss, immer ein wenig flatterig, aufgeregt, händeringend, mit rotem Schal und gelber Jacke und einem bunten Tuch um den Kopf, das sie, wie sie betonte, trug, um mir den Anblick ihrer nicht zurechtgemachten Haare zu ersparen. Im Durchgangszimmer kamen wir an der Staffelei vorbei, die sie aber weggedreht hatte, solange das Bild noch nicht fertig war. Erst dann ließ sie es sehen, eine Frau mit Spiegel und Papagei in einem Innenraum mit papierdünnen Wänden, mitten in einem Dschungel voller Tiere und verschlungener, undurchdringlicher Pflanzen. Wir standen betrachtend davor, sie mit dem Blumenstrauß, den ich ihr mitgebracht hatte und für den sie vergeblich nach einer Vase suchte, ich mit der Stempelkanne in der einen und meinem Notizbuch in der anderen Hand.

Die Malerin beschrieb mir genau, wie ein Bild entsteht, wie lange es dauert, bis die Ideen sich in ihr formen. Der Arbeit an der Staffelei, die mehrere Wochen in Anspruch nimmt, geht eine längere Phase des Erwartens voraus. Dafür legt sie sich hin und hält sich die Augen zu, damit keinerlei Lichtreflexe sie ablenken. Sie möchte den schweifenden Gedanken und Assoziationen folgen, wohin auch immer diese sie tragen, allerdings ohne das zu wollen, denn jeder Wille, auch der Wille, nichts zu wollen, wäre schon zu viel, eine Verengung, eine Fesselung, eine Festlegung. »So eine Idee ist wie ein Papierdrache an dünner Schnur hoch über den Wolken«, sagte sie. Erst wenn ihr das Motiv vorschwebt, geht sie zur Leinwand, die weiß und leer auf der Staffelei wartet. Ein paar Bleistiftstriche zur groben Aufteilung genügen, dann fängt sie mit feinsten Pinseln links oben in der Ecke an und füllt Zeile für Zeile geduldig aus, arbeitet sich allmählich wie eine Schreibende von oben nach unten voran und geht dabei so sehr in die Details, dass sie sich, etwa für die Gesichter der winzigen Figuren, die ihre Gemälde bevölkern, einen Pinsel mit nur einem einzigen Haar wünschen würde.

All ihre Bilder ähnelten sich. Es waren immer wieder dieselben Motive, die sie variierte, so dass sie etwas Verschiedenes und doch ein Gleiches ergaben. Phantasie, so schien mir, funktionierte dabei wie ein Baukasten, Lego zum Beispiel, wo man aus einer vorgegebenen Menge von Einzelteilen immer wieder ein anderes Ganzes zusammensetzt, das aber doch stets nach Lego aussieht. Ich konnte mich nicht entscheiden, ob ich dies als künstlerische Hartnäckigkeit bewundern oder als Sturheit verstehen sollte. A. meinte, als wir einmal einen Katalog der Malerin durchblätterten, den Bildern fehle die dritte Dimension, etwas, das in die Tiefe greift, so dass sie selbst da an der Oberfläche blieben, wo Wände durchsichtig wurden, Zimmer sich ausdehnten, die Perspektiven sich verschoben und das Innere nach außen gestülpt wurde. Ihre Landschaften ließen sich nur betrachten, nicht betreten.

Der Dichter habe sie für eine Geschichtenerzählerin gehalten, sagte die Malerin, doch da sei sie ganz und gar nicht seiner Meinung gewesen. »Malen ist doch etwas anderes als Erzählen!« Auf einem Bild gibt es keinen Zeitfluss, keine schlichte Kausalität, wie die Sprache sie nahelegt. Alles, was dort zu sehen ist, geschieht gleichzeitig, nebeneinander. Oder vielmehr: Es geschieht gar nicht, sondern es bleibt in der Schwebe, in einem Zustand zwischen Noch-Nicht und Vollzug. Wie erstarrt verharren die Figuren in ihren Gesten und die Liebespaare in ihren Zärtlichkeiten. Ihre Bilder geben Hinweise, keine Handlung. Sie entsprechen weniger einer Erzählung als einem Gedicht.

Wir sprachen weiter darüber, als wir uns an dem kleinen weißen Esstisch in ihrem Schlaf- und Wohnzimmer niederließen, wo ihre Bilder ringsum an den Wänden hingen und ich, auf einer schmalen Bank sitzend, darauf achten musste, nicht mit dem Kopf gegen das Bild über mir zu stoßen. Vom Kaffee nahm sie selber nie etwas, weil sie keinen Kaffee vertrug, ein Teller mit Keksen und Mon Chéri stand bereit, von denen ich höflichkeitshalber probierte, ich brachte Kuchen mit, den sie nicht anrührte, legte das Notizbuch daneben und schrieb mit, so viel ich konnte, was sie störte, weil das Mitschreiben mich vom Zuhören ablenke, das mache sie nervös, und weil ich festhielt, was sie vielleicht nur so in die Luft hinein gesprochen haben wollte. »Verwenden Sie das bitte nicht«, sagte sie oft, wenn sie mich schreiben sah, aber das waren immer die interessantesten Geschichten, die ich dann doch verwendete, und erstaunlicherweise legte sie dagegen an keiner Stelle ihr Veto ein.

Wenn ich jedoch feststellte, was offensichtlich war, dass sie und der Dichter aus demselben Fundus schöpften und mit ähnlichen Motiven arbeiteten, dass all die Harlekine, Seiltänzer, Zirkusartisten, Löwen, bunten Vögel, vollbusigen Frauen, Caféhausbesucher, Matrosen, Dschungellandschaften, Spiegel, Kirchtürme, Hafenbars, Schiffe und Meere, die auf ihren Gemälden zu sehen waren, doch auch seine Gedichte bevölkerten, dann widersprach sie vehement, künstlerisch habe es keinerlei Gemeinsamkeit zwischen ihnen gegeben, jeder habe ganz und gar seine eigene Sache gemacht. Erst dann, wenn ein Bild, ein neues Gedicht fertig geworden war, sei sie seine erste Zuhörerin und er ihr erster Betrachter gewesen, der wohlgefällig oder auch skeptisch brummte, so dass sie an seiner minimalistischen Reaktion ablesen konnte, was er dazu dachte.

Was den Dichter und die Malerin über die Jahrzehnte und über schwere Phasen, auch Trennungen hinweg zusammenhielt, war ihre Verbundenheit in der Kunst, an der sie, aus zwei Richtungen kommend, über Kreuz arbeiteten. So wie sie ihre Bilder Zeile für Zeile schrieb, malte er seine Gedichte farbig aus, und beide schrieben und malten ihr Leben lang im Grunde immer dasselbe. Nachdem sie einmal ihren Stil und ihre Gegenstände gefunden hatten, änderte sich nichts mehr daran, Bild für Bild und Gedichtband für Gedichtband folgten aufeinander, und auch wenn die Geschichten variierten, wenn die Bilder von unterschiedlichen Farben und Figuren dominiert wurden, blieben Ausdruck und Ereignisrahmen sich gleich, als ginge es darum, in einer sich rasant verändernden Welt an einem Ort zu verharren, den Wandel zu verweigern und sich selbst in der Wiederholung des Immergleichen zu behaupten. Das hatte durchaus etwas Wahnhaftes oder vielmehr den Wahn Bannendes, wie es auch bei Hölderlin gewesen war, als er in den Jahrzehnten im Tübinger Turm seiner Mutter nichtssagende Briefe schrieb, bloß um das Nichtssagende zu wiederholen und die Wiederholung zu thematisieren. »Das Wiederholen von dem, was man geschrieben hat, ist nicht immer eine unnötige Beschaffenheit«, schrieb er ihr. Oder: »Ich nehme mir die Freiheit, Ihnen wiederholtmals zu schreiben. Was ich Ihnen sonst gesagt habe, wiederhole ich mit den Gesinnungen, die Sie von mir wissen.« Die Wiederholung war sein Halt in unübersichtlicher Welt, auch wenn der Inhalt darüber verloren gegangen war.

Der Dichter und die Malerin fielen auf diese Weise mehr und mehr aus der Zeit heraus, sie verharrten, indem sie in der Wiederholung verharrten, gewissermaßen im West-Berlin vor dem Mauerfall, und vor allem der Dichter betrachtete den Wandel der Stadt mit Skepsis. Ihre Wohnung in Kreuzberg lag mit dem Rücken zur Mauer, die aus ihrer Straße eine Sackgasse gemacht hatte. Hier wohnte man im Zentrum Berlins und doch am äußersten Rand der westlichen Welt. Ost und West waren durch den Todesstreifen getrennt, und wer die Nachbarschaft dieses Bauwerks suchte, der befand sich auch am Rand der Gesellschaft. Im Schatten der Mauer konnte man sich wegducken, man lebte windgeschützt in der Geschichte wie im Auge des Taifuns, denn gerade hier, wo die Gegensätze der Systeme so fragwürdig aufeinanderstießen, schien es, als wären die Gesellschaftsordnungen fest zementiert für alle Zeiten. Das stillgestellte West-Berlin war ein historisches Biotop, von dem Künstler sich magisch angezogen fühlten, und wer aus der Bundesrepublik kam, dem schien es, als hätte er eine Zeitreise rückwärts absolviert, so nah war immer noch der Krieg mit all den sichtbaren Hinterlassenschaften: Bombenlücken in den Häuserzeilen, Blindgänger im Boden und Garben von Maschinengewehrsalven im Putz, als wäre der Häuserkampf erst gestern zu Ende gegangen.

Die mauerlose Stadt kam dem Dichter dagegen surreal vor und seltsamerweise weniger offen als zuvor. Der Verkehr nahm zu, die Mieten stiegen, sogar die Schrippen wurden teurer. Er ertrug die zunehmende Enge nur mit fürchterlicher Anstrengung und ging immer seltener hinaus in die überfüllten Straßen, die ihm fremd und unheimlich wurden. Die Busse erhielten statt der vertrauten zweistelligen jetzt dreistellige Nummern, und vielleicht lag es an der zunehmenden Unübersichtlichkeit, dass den Menschen die Freundlichkeit abhandenkam und selbst die Busfahrer ihren Berliner Witz verloren, falls sie je welchen hatten. Ohne die Mauer hinter sich fürchtete er jederzeit, dass ihm jemand in den Rücken fallen könnte. Er begriff sehr wohl, dass all das weniger an Berlin lag als an ihm selbst: »Das ist mein eigenes Inneres, das, was in meinem Herz und Kopf ist«, schrieb er in einem seiner Briefe an die Malerin, die mit dem Wandel weniger Schwierigkeiten hatte als er. Er brauchte sie, weil er ohne sie nicht zurechtkam. Weil er sie liebte. Und er bat sie, ihn »nicht allein herumgehen zu lassen auf diesem Globus«, auf dem er sich verloren fühlte. Vielleicht, schrieb er ihr, würde er einen schönen, abgelegenen Ort für sie beide finden, zum Malen, Schreiben und Leben, irgendeine Meeresküste, irgendein Portugal, das mit seinem Zirkuswagen erreichbar wäre. Dazu hatte er ja Räder unten dran.

Mein Vater hatte sich mit meiner Stiefmutter noch vor der Wiedervereinigung in den hintersten Winkel Kanadas verzogen, weiter weg war schwer möglich, und vielleicht reichte allein das schon aus, damit die beiden zusammenblieben oder zumindest beieinander ausharrten. Sie häuften so viel an Fremde um sich herum auf, dass sie für Jahre genug damit zu tun hatten, heimisch zu werden im Land und in der Sprache, die meinem Vater ziemlich quer auf der schwäbischen Zunge lag. Haus und Garten am See und die überwältigende Bergkulisse reichten ihnen aber offenbar nicht aus, erzeugten jedenfalls ein Verschönerungsbedürfnis in ihnen, das sich in Gestalt eines kleinen Seerosenteiches, einer aus Holz geschnitzten, auf den Hinterbeinen stehenden Bärenfigur, einem runden, Heimeligkeit versprechenden Pavillon und der abstrakten Marmorskulptur eines ortsansässigen japanischen Bildhauers austobte. Die Fotos, die Vater mir davon voller Stolz schickte, betrachtete ich kopfschüttelnd, wozu brauchte er ein Teichlein, wenn er einen großen See vor der Nase hatte, und wozu diese niedlichen Abscheulichkeiten, wenn die Natur so viel mehr versprach.

Was mir da entgegenschlug, war der Geschmack seiner Frau, die schon das Elternhaus in Ludwigsburg mit afrikanischen Schnitzereien, Masken, Elefanten, Tellern und Tänzerfiguren drangsaliert hatte, es waren Fremdkörper, die mit ihr Einzug gehalten und viel Platz auf der Anrichte und im Bücherregal beansprucht hatten. Eine Lebensgemeinschaft ist immer auch eine Geschmacksgemeinschaft, und womöglich ist es zunächst und vor allem das Ästhetische, das die Gemeinsamkeiten begründet oder verhindert, da es den Raum definiert, in dem man sich gemeinsam bewegt. Mir schien diese auf den Auszug meiner Mutter folgende Verwandlung des

Hauses ein ästhetischer Rückschritt zu sein; dagegen waren selbst die Bilder des Schweizer Malers Avantgarde, und auch Vater hatte derlei Nippes immer verachtet, duldete die folkloristischen Gegenstände nun aber nicht nur, sondern schien sie seinerseits zu schätzen, eine Entwicklung, die sich in der kanadischen Gartenkultivierung sichtbar fortsetzte und an der sich ablesen ließ, dass auch er die strenge und erhabene Natur nur schwer ertrug und ihrer bedrückenden Größe etwas Kleines, Kitschiges entgegensetzen musste. Von der Gartenbank aus, neben dem hölzernen Bären, der gedankenverloren in die Ferne blickte, schrumpfte das Gebirge zum Panorama, das sich im Abendfrieden beschauen ließ, wenn die Bergspitzen hinter dem See rötlich aufloderten.

In dieses Gartenidyll (vom Inneren des Hauses hatte Vater nie Fotos geschickt, das war zu privat) kehrten die beiden dann auch von ihren großen Fahrten zurück, die sie im Wohnmobil bis hinauf nach Alaska und die Pazifikküste abwärts bis hinunter nach Kalifornien unternahmen. Berge, die sich besteigen ließen, gab es schließlich überall, auch wenn nicht ganz einleuchtet, warum all die Gipfel in der näheren Umgebung, die darauf warteten, bezwungen zu werden, nicht ausreichten. Am Yukon beobachteten sie lachsfangende Grizzlybären und standen einem davon, der sich zu voller Größe aufrichtete, erstarrt gegenüber, bis er sich auf alle viere fallen ließ und davontrottete. Im Denali-Nationalpark sahen sie Elche und Karibus und den 6000 Meter hohen Mount McKinley, von dem mein Vater wusste, dass er einer der kältesten Berge der Erde ist. Kälte machte ihm wenig aus, schlimmer war das graue Herbstwetter, vor dem sie im Oktober in Richtung Süden flohen, nach San Francisco, in die Sierra Nevada und weiter nach Utah und Arizona, um am Grand Canyon zu wandern, aber irgendwann mussten sie doch wieder nach Hause, auch wenn ihnen die kanadische Novemberdunkelheit mit Macht aufs Gemüt schlug.

Über die Depressionen, von denen seine Frau in regelmäßigen Abständen und keinesfalls bloß im Herbst heimgesucht wurde, gab Vater nur sehr zurückhaltend Auskunft, doch es war zu ahnen, wie schwer sie ihm das Leben damit machte. Das Paradies um sie herum bewirkte nichts, wenn sie sich in ihr Zimmer verzog und tagelang nicht mehr zum Vorschein kam, so wie jetzt, wo er im Sterben lag und sie ihn im Krankenhaus alleine ließ. Heftige Asthma- und Migräneanfälle machten ihr immer wieder zu schaffen, ich stellte mir vor, wie Vater dann auf Socken durchs Haus schlich, um sie nicht zu stören, kein Geräusch, keine Erschütterung, am besten keine Bewegung, doch die Düsternis, die auf ihrer Seele lastete, muss so drückend gewesen sein, dass auch er selbst Stimmungsaufheller und Schlafmittel benötigte und sich im Keller des Hauses seinen Rückzugsraum einrichtete, wo er schrieb und Musik hörte, so wie der Dichter sein Kabuff aufsuchte, wenn er sich zum Arbeiten zurückzog oder auch bloß der Malerin für ein paar Stunden entrinnen wollte. Draußen nichts als Stille, vielleicht das leise Plätschern von Teichlein und See, das kräftigere Rauschen des Windes, der die Bäume zauste, und ab und zu der Schrei eines wilden Tieres oder der Ruf eines Nachtvogels, doch die nur noch medikamentös zu bewältigende Unruhe kam aus ihm selbst. Insgeheim muss ihm klar gewesen sein, dass seine Frau an ähnlichen Zuständen litt wie einst seine Mutter, der es ebenso gut gelungen war, ihre Umgebung in nachtschwarze Finsternis zu tauchen, so dass Vater in der kanadischen Heimatferne die als Kind eingeübten unguten Grundstimmungen aktualisierte und damit auch das Entsetzen über die Unbegreiflichkeit und Unfassbarkeit des seelischen Geschehens, das sich so tief in den eigenen Leib eingräbt, dass keine Ferne fern genug wäre, um ihm zu entkommen. In seinen Briefen war von diesen Abgründen nie die Rede. Sie handelten vom Glück gemeinsamer Reisen, von winterlichen Aktivitäten auf den Skipisten der Region und von gelegentlichen Altersbeschwerden, von denen beide jedoch weitgehend verschont geblieben waren.

Nur einmal, vor sieben Jahren, nachdem er mich dieses eine Mal zu einem Besuch eingeladen hatte, waren die Depressionen meiner Stiefmutter der ausgesprochene Grund, warum aus der Reise nichts wurde. Mir schien, dass sie ihre Krankheit gezielt einzusetzen verstand und so lange damit drohte, bis sie ihren Willen bekam. Vater hatte zunächst regelrecht um meinen Besuch geworben, erörterte Anreiseprobleme, wollte eine Ferienwohnung mieten, da Gastbewirtung ihnen inzwischen zu mühselig geworden sei, versprach, seinen alten Subaru für Fahrten ins Umland zur Verfügung zu stellen, merkte jedoch, dass ich zögerte, dass meine Bedenken größer waren als die Freude, dass es mit dem passenden Termin hin und her gegangen war, dass ich immer anderes zu tun hatte und dass meine damalige Frau, die mit mir eingeladen war, wenig Neigung verspürte, sich dieser familiären Strapaze zu unterziehen; sie hatte keinen Grund, ihn besonders zu mögen, der sie in dem Jahrzehnt, als wir noch nicht verheiratet gewesen waren, als »Schwiegertochter zur linken Hand« bezeichnet hatte, auch wenn er nun betonte, wie gut mit ihr auszukommen er entschlossen sei. Meine Frau hatte eine Neigung zur Unversöhnlichkeit, die ich, der ich alles nach kurzer Zeit vergesse, in diesem Fall durchaus verstand.

Nachdem es im Herbst nicht klappte, ich aber im Januar

gerade dabei war, einen Flug für den Sommer zu buchen, teilte er lapidar mit, der Gesundheitszustand meiner Stiefmutter mache einen Besuch unmöglich, ihre latente Altersdepression habe sich derart verschlimmert, dass er mich bitten müsse, all mein Planen einzustellen. Meine Rückfrage: Wenn wir uns jetzt nicht sehen, wann und wo könnte es dann überhaupt noch gelingen?, entlockte ihm lediglich den Hinweis, dass es bereits in den Jahren zuvor »ernstliche Episoden« gegeben habe, nun zu den psychischen auch körperliche Probleme kämen, so dass er die Einladung ein für alle Mal zurückziehen müsse. In meiner selbstgewählten Verstoßenheit und Familienlosigkeit fühlte ich mich noch einmal, dieses Mal von ihm verstoßen; unser Mailkontakt drohte völlig zu erliegen, und er hatte seine Entscheidung erst jetzt, auf dem Sterbebett, revidiert, als er um mein Kommen bat, ohne auf seine Frau Rücksicht zu nehmen, so dass ich nun zu ihm durch die kanadische Nacht fuhr, auch wenn davon, dass er mir wie damals noch die Gegend hätte zeigen und mit mir Exkursionen unternehmen wollen, nicht mehr die Rede sein konnte. Womöglich würde ich einen Toten vorfinden.

Ein Verkehrsschild kündigte eine Signalanlage an, und hinter der nächsten Kurve sah ich auch schon ein rotes Licht über der Straße leuchten. Ich fuhr langsam darauf zu, ließ das Auto ausrollen, kam an einem weißen Querstrich zum Stehen und schaltete den Motor aus, doch in meinen Ohren dröhnten die Fahrtgeräusche weiter, so wie ich immer noch das Gefühl hatte, in Bewegung zu sein und vorwärts zu streben, die Straßenmarkierungen und die Bäume rauschten weiter an mir vorbei, der Ruhezustand stellte sich erst allmählich ein. Hinter der Ampel führte die Straße steil abwärts, wo sie wie ein

Stutzen in den nachtschwarzen See hineinragte. Ich schaltete den Motor ab, stieg aus und schaute mich um. Es war niemand zu sehen, kein anderes Fahrzeug, ich stand alleine in der Nacht vor der roten Ampel, über der ich nun ein Schild mit der Aufschrift »Wait here for Ferry« entdeckte. Links neben der Straße zweigte ein Fußweg zu einem Toilettenhäuschen ab, in dem zwar einige Lichter brannten, das aber geschlossen war, weil gerade die Putzkolonne darin arbeitete. Drinnen hörte ich Stimmen und sah durchs Fenster Männer in orangefarbenen Anzügen, ihr Pickup parkte mit laufendem Motor vor der Tür. Ich kehrte um und pinkelte an den Straßenrand. Von hier aus sah ich die Fähre, die sich, schon ziemlich weit draußen, auf der schwarzen Wasserfläche mit blinkenden Lichtern entfernte. Auf einer Schautafel mit den Abfahrtszeiten konnte ich ablesen, dass ich gut eine Stunde würde warten müssen, also setzte ich mich wieder hinters Steuer, schickte A. einen virtuellen Kuss und eine Standortmitteilung, sie würde bald erwachen und den neuen Tag beginnen, und versank in einem wohltuenden, erholsamen Schlaf.

Der Dichter stand auf dem Vordeck seines Rettungsbootes, die Lesebrille auf der Nase, die Nase im Wind, das Buch in der ausgestreckten Hand. Mit seinem Hut, unter dem die nebelfeuchten Haare hervorquollen, und in seiner dunklen Seemannsjacke, die die Malerin ihm geschenkt hatte, sah er so aus, als wäre er tatsächlich aus einem vergangenen Jahrhundert herbeigesegelt und hätte hier am schwarzen See angedockt als Kapitän eines Geisterschiffs, ich müsste nur einsteigen und könnte mit ihm übersetzen ins Nirgendwo. Er war einer, der sich aufs Retten und aufs Gerettetwerden verstand und der deshalb sein Leben lang immer wieder Rettungsboote erwarb, um sie zu restaurieren, so wie dieses, ein polnisches Rettungsboot, aus dem schon kleine Birken wuchsen, als er es im Schilf entdeckte, doch es war aus gutem afrikanischen Holz gebaut und deshalb noch zu retten, der Bug acht Meter lang und drei Meter breit, so dass das Deck ihm zur Bühne werden konnte, von der herab er in der Rolle des Dichters in einem Kindertheaterstück seine Lesungen bestritt. Die Plakate dazu malte und schrieb er selbst und hängte sie an Laternenmasten: »Dichter und Matrose lädt ein zur Lesung seiner Gedichte, vom aufgetakelten Schiff herunter. Bei Regen mit Schirm, bei Sonne Strohhut.« Bei Sonne erschienen immer ein paar Leute mehr als bei Regen, die drei Euro für den Eintritt in ein weißes Holzkästchen legten, das der Dichter eigens zu diesem Zweck gebastelt hatte und das, wenn man es aufklappte, auf der Innenseite ein Schildchen mit der Aufschrift »Danke« sehen ließ. Manche brachten Klappstühle mit, andere lagen im Gras oder lehnten an einem Baumstamm, blickten über die Kuhweide, schweiften ab, träumten vor sich hin und hörten, wie er seine Worte mit klaren, hellen Vokalen füllte, als wären es Luftballons, die er steigen ließ. Wie er so an Deck stand, stellte er sich vor, er wäre auf großer Fahrt und es käme ein Wind, der das Segel bauschte und die Luftballons davontrug, und vielleicht legte er das weiße Persenning-Tuch mehr für sich selber um den Rumpf als für das Publikum, denn so blickte er darauf hinab wie auf ein schäumendes Meer.

Jetzt stand er dort auf seinem Schiff im Scheinwerferlicht, tief unter mir, ich sah durch die Windschutzscheibe, dass sein Mund sich öffnete und übertrieben langsam Worte formte, als spräche er zu mir wie zu einem Taubstummen, denn hören konnte ich nichts, und von seinen Lippen abzulesen wollte mir nicht gelingen, vielleicht rief er nach mir und bat mich, an Bord zu kommen, vielleicht sprach er auch mit einem unsichtbaren Publikum oder mit sich selbst. Ich erwachte vom Tuten der Schiffssirene. Die Fähre hatte bereits angelegt. Die Ampel stand auf Grün, hinter mir lauerte ein Truck mit röhrendem Motor und aufgeblendetem Fernlicht, vielleicht kam die Sirene auch von dort. Benommen ließ ich mein Fahrzeug abwärts rollen, direkt an Deck, wo mir eine Gestalt in gelbem Regenzeug, Gummimantel und Hut, winkend einen Platz zuwies, aber das war kaum nötig, denn der LKW machte keine Anstalten zu folgen, er stand immer noch hinter der Ampel und bohrte seine Lichter in den Nachthimmel, und sonst war niemand da. Kaum war ich an Bord, schloss sich hinter mir die Schranke, und schon legte das Schiff ab, die Gestalt im Gummizeug verschwand auf der Kommandobrücke, vom Ufer waren nur noch die grellen Scheinwerfer und das erleuchtete Klohäuschen zu sehen, doch dann bog die Fähre um eine Landzunge, und da war nichts mehr als die Finsternis. Ich stieg aus, Kälte und Wind fassten mich an. Der schwarze Golf stand da wie auf dem Präsentierteller, ich umrundete ihn, entdeckte am rechten hinteren Kotflügel fünf parallele Kratzer wie von der Pranke eines Bären und fragte mich, ob ich das vordere Nummernschild verloren hatte oder ob da einfach keine Nummer war, hörte die Gischt, die der kantige Schiffsbug aufwirbelte, doch als ich mich über die Reling beugte, gelang es mir nicht, das Wasser zu erkennen, stattdessen sah ich nur diffuses Dunkel, das von den Lichtern der Fähre nicht durchdrungen wurde. An ihrer geschlossenen Schranke endeten Raum und Zeit. Ich hätte auch in einem Raumschiff das All durchqueren können, aber dort hätte es wenigstens Sterne gegeben; hier gab es nichts, nur den Wind und die Kälte.

Gleich bei meinem ersten Besuch, als ich Apfel- und Kirschkuchen mitbrachte, hatte die Malerin mir vom Tod des Dichters erzählt, der auf ihrem Bett gestorben war. Während sie sprach, blickte ich auf die violette Tagesdecke und auf das Bild, das dahinter hing, auf dem die geliebte Oma des Dichters mit Einstein Kaffee trinkt und im Vordergrund ein zärtlich aneinandergeschmiegtes Liebespaar schläft, ohne sich von der feiernden Gesellschaft, der Blechmusik und den Tänzern mit Fisch- oder Vogelkopf stören zu lassen. Seit Tagen habe er Rückenschmerzen gehabt, deshalb einen Arzt aufgesucht, der ihm idiotischerweise Psychopharmaka verschrieb, sagte die Malerin, sie habe ihn deshalb zu einem anderen Arzt geschickt, der nichts Schlimmes fand und bloß ein paar Tage Bettruhe verordnete. In der Nacht sei er aus einem Albtraum aufgeschreckt, ganz entsetzlich sei es gewesen, wie er ihr immer wieder versicherte, ganz entsetzlich, sie wusste nur, dass ein Schiff aus Blei darin vorgekommen war. Am Morgen fand sie das Bett neben sich leer, was nicht ungewöhnlich war, weil er früh aufzustehen pflegte, um im türkischen Café die Zeitung zu lesen. An diesem Tag aber saß er unten in seinem Kabuff und starrte vor sich hin, immer noch verstört, und als sie ihn dort fand, verlangte es ihn nach einem Bier. Dabei hatte er seit zwölf Jahren keinen Tropfen Alkohol getrunken, er durfte nicht mehr seit einem Zusammenbruch mit Delirium tremens, aber jetzt schien er so fassungslos und ernst, dass die Malerin ihm ein Bier besorgte. Mit der Dose in der Hand folgte er ihr nach oben in ihre Wohnung und setzte sich aufs Bett, hielt sich an der Bierdose fest wie an einem Griff, ohne auch nur einen Schluck zu trinken, lehnte sich zurück und sagte, wie die Malerin an dieser Stelle im Manuskript ergänzte: »Stille. Stille.« Das war fast zu ausgesucht als letzte

Worte, so wie Goethes »Mehr Licht!«, aber es sind ja immer die Nächsten, die davon berichten, und niemand könnte ihnen da widersprechen. Dann habe der Dichter sich plötzlich steil aufgebäumt, wie von einem elektrischen Schlag durchzuckt, und sei tot nach hinten gefallen.

Alles, was darauf folgte, die Ankunft der Sanitäter, die vergebliche Reanimation, der Abtransport ins Krankenhaus, das Warten, die Vergeblichkeiten, die Trauer, war so intim, dass ich mich schämte und mich fragte, warum sie mir das alles erzählte, einem Fremden, der sie zum ersten Mal besuchte. Doch auch wenn sie danach sagte: »Das verwenden Sie aber bitte nicht«, schrieb ich es ohne Skrupel auf, weil es zur Geschichte dazugehörte und weil ein Text sich nicht zieren soll. Schließlich hatte sie es mir erzählt, sie hätte es ja auch unterlassen können, wollte aber doch, dass ich das alles wusste, wenn auch bloß im Raum des diskret zu Verschweigenden. Am Ende strich sie folglich die betreffenden Passagen mit dem Hinweis, das wäre zu intim für die Öffentlichkeit. Damit wanderte die Scham, die sie im Erzählen überwunden hatte, über mich als Zuhörer, der sie im Schreiben missachtete, aus dem Text heraus zu ihr zurück, um sich auf diesem Umweg letztlich in ihr einzurichten.

Grundsätzlich trifft diese Scham alles, was sich in einer Biographie niederschlägt. Zu erzählen erfordert immer ein Quantum Exhibitionismus, der aber, da er einem öffentlichen Voyeurismus begegnet, ins Offene läuft. Ein Leben auszubreiten, sei es ein fremdes oder das eigene, bedeutet, etwas Privates öffentlich zu machen und also Türen zu öffnen, hinter die man sich normalerweise gerne zurückzieht und vielleicht auch noch die Vorhänge vor den Fenstern schließt, um sich vor den Blicken der Nachbarn zu schützen. Der Text aber teilt diese Verbergungsmaßnahmen nicht, im Gegenteil, sonst gäbe es ihn nicht, Schreiben ist Ent-bergen. Der Text kennt allenfalls Diskretion im Zeigen, die auch das, was nicht mitgeteilt wird, vernehmbar werden lässt, und folgt dabei dem Gespür dafür, wo die Grenze zwischen Intimem und Veröffentlichbarem verlaufen könnte, und diese Grenze, die nicht umsonst so wie die Schwelle einer Tür Schamschwelle heißt, wird durch die Scham markiert.

Wortreich schilderte die Malerin ihre Panik und ihre Hilflosigkeit und die Trance, mit der sie die nächsten Tage durchlebte, als wäre es gar nicht sie selbst, sondern ein geträumtes Abbild gewesen, das da für sie agierte. So wurde alles, was sie erlebte, zum Gleichnis, und so erzählte sie mir, wie sie mit dem Bus zum Beerdigungsinstitut fuhr, wie ihr unterwegs ständig die Sachen aus der Hand fielen, wie die Leute um sie herum alles wieder aufhoben, wie sie nicht wusste, wohin. Sie beschrieb den Bestatter, der zwischen Kerzenleuchtern saß und ihr den Katalog vorlegte, aus dem sie eine ganz schlichte Kiste ausgesucht habe, doch als ich dann den Sarg als schlichte Kiste beschrieb, machte sie daraus einen Kahn, und das war ja auch viel passender, selbst wenn Särge bestenfalls wie eine Truhe aussehen und ein Kahn keinen Deckel hat. Den Sargdeckel aber ließ sie sich nach Hause bringen, um ihn von innen zu bemalen. Sie kaufte Lackfarben, weil die länger halten, Blautöne, Rottöne, Gold, und malte ein Liebespaar auf die Innenseite des Deckels, eine ewige Umarmung, und bei der Beerdigung schaute sie am geschlossenen Sarg, ob man den Farbrand an der Kante sehen konnte. Man konnte. Aber nur sie weiß, welches Bild der Dichter vor Augen hat.

Ein Ruck durchzitterte das Schiff, das mit seiner Landeklappe auf der ins Wasser mündenden Straße aufsetzte. Die Schranke hob sich, die Gestalt im Gummizeug, in der ich zu meiner Überraschung eine lächelnde junge Frau erkannte, winkte mir von der Brücke herab zu, ich fuhr vorsichtig über das klappernde Eisentor, dann die steile Betonpiste hinauf, bis mich die Straße wieder aufnahm, die genauso durch den Wald aus schütteren Fichten und verkrüppelten Birken führte wie auf der anderen Seeseite, nur dass das Ufer jetzt nicht mehr links, sondern rechts unter mir zu vermuten war. Ich hielt mich mit den Augen am gelben, doppelt gezogenen Mittelstreifen fest, fuhr auch ziemlich in der Mitte, fürchtete ständig, von einem Elch oder einem Bären überrascht zu werden, so stumpf, wie ich hinterm Steuer hockte, hätte ich auf Plötzlichkeiten nicht mehr reagieren können, aber es gab nichts in dieser Nacht jenseits der Straße, auch keine Tiere, da war nur der Raum, den ich durchquerte, und die Zeit, die ich durchmaß.

Ich dachte an eine Bärengeschichte aus dem Roman eines indianischstämmigen amerikanischen Autors, an dessen Namen ich mich nicht mehr erinnerte, der über die Wurzellosigkeit seiner Community schrieb, über die Verlorenheit von in der Großstadt verstreuten Stammesmitgliedern, die dort, herausgeschleudert aus Tradition und Familie, schon lange nicht mehr wissen, wer sie sind, sich selber fremd im eigenen Land. Es waren Indianer, die sich auf Volksfesten als Indianer verkleideten und die keine Ahnung hatten, woher sie stammten und zu wem sie gehörten, was ihre Vorfahren gemacht und was ihre Riten einmal bedeutet hatten, also soffen sie sich durchs Leben, das traurige Ende der Kolonialgeschichte. Die Indianer hatten diesem Autor zufolge dasselbe Schicksal erlitten wie die Bären, gejagt, erschossen, verdrängt, und es war der Teddybär eines kleinen Mädchens, der in dem Roman auf diese Verwandtschaft hinwies. Der Teddy hat seinen Namen vom amerikanischen Präsidenten Theodore Roosevelt, der – so eine in zahlreichen Varianten übermittelte amerikanische Legende – ein passionierter Jäger war, auf einer Bärenjagd jedoch auch nach Tagen kein einziges Tier entdeckte. Die Treiber fanden nur einen kleinen Bären, der seine Mutter verloren hatte, und banden ihn an einen Baum, doch Roosevelt weigerte sich, ihn zu erschießen. Ein Karikaturist hielt die rührselige Szene für die *Washington Post* fest, worauf die ersten Plüschbären, die damals in die Läden kamen, den Namen Teddy's Bear erhielten. Der kluge Teddy in diesem Roman wusste jedoch, dass es sich in Wahrheit nicht um einen jungen, sondern einen alten, zottigen, fast verhungerten Bären gehandelt habe, für den Roosevelt die Kugel zu schade war, so dass er ihm die Kehle aufschlitzte. Hinterher aber werden Geschichten von edelmütigen Helden erzählt, die sich als Schleier über die begangenen Gewaltakte legen, Heldengeschichten aus einem Wald ohne Bewohner. Dabei, sagte der Teddy im Roman, hat der weiße Mann uns allen die Kehle aufgeschlitzt, den Bären und den Indianern.

Mein Vater hatte mir einmal von Konflikten mit kanadischen Indianern berichtet und sich über die politische Korrektheit erregt, die vergangenes Unrecht vergeblich wieder gutzumachen versuche. So habe man Indianern und Eskimos – seine Wortwahl blieb da konsequent unzeitgemäß – Self-Gouvernment versprochen, was dazu geführt habe, dass radikale Natives völlige Souveränität und staatliche Unabhängigkeit erstrebten. So sei es zu Schießereien gekommen, weil aus dem schlechten Gewissen der Vergangenheit heraus nicht wirklich durchgegriffen werde. Kein Politiker traue sich, etwas gegen die Indianer zu entscheiden. Für geregelte Arbeit und Unternehmergeist, so mein Vater, hätten sie keine große Neigung, aber wenn man die Ansprüche der verschiedenen Stämme zusammenzähle, komme dabei eine Fläche heraus, die größer sei als ganz Kanada. Das klang so, als müsse er die baldige Enteignung fürchten, weil auch sein Haus auf Boden stand, der ursprünglich Indianerland war, und vielleicht zeichnete meine Stiefmutter in ihrem Malkursus, den sie mit anderen deutschen Einwanderern in ihrem Städtchen besuchte, deshalb so gerne zur Beschwichtigung Indianerköpfe unter Federhauben, falls sie sich nicht auf Friedenstauben oder Blumenbilder kaprizierte.

Ihr Kunsttrieb brachte immer wieder neue Blüten hervor, die Vater fotografierte und verschickte. Sie spielte auch ein wenig Klavier, allerdings – wie ich mich dunkel erinnere – ziemlich stümperhaft im Vergleich zu meiner Mutter, die eine vorzügliche Pianistin gewesen ist. Beethoven-Sonaten und Chopin-Präludien beherrschte Mutter ebenso wie Bachs Goldbergvariationen, die dem Klavierlehrer zum Gegenstand mathematischer Untersuchungen wurden, indem er die von Bach zugrunde gelegten Zahlenverhältnisse analysierte, um aus der Bedeutung der Drei, der Vier, der Fünf und ihren kompositorischen Beziehungen zueinander eine mystisch-anthroposophisch-theologische Botschaft herauszudestillieren, worüber er dann auch ein kleines Traktat verfasste, dessen einzige Leserin vermutlich meine Mutter gewesen ist. Erst in diesem Moment fiel mir auf, dass die komplizenhafte Verklärungsbereitschaft meiner Mutter durchaus mit der der Malerin mithalten konnte und dass beide sich darin auf die Kunst oder ihren jeweiligen Künstler bezogen, so dass mein

Vater, wenn er den Klavierlehrer als in Anführungszeichen zu sprechenden »Künschtler« bezeichnete, fulminant ins Schwarze, also mitten ins Herz meiner Mutter getroffen haben muss. Vielleicht ertrug er deshalb die pianistischen Stümpereien der Nachfolgerin besser, da war zumindest klar, dass es sich nicht um eine Kunstbemühung, sondern bloß um ein Hobby handelte, und so geschah es ihm auch ganz recht, wenn er von der seelischen Hochgestimmtheit meiner Mutter ins depressiv tönende Fahrwasser seiner zweiten Ehe geriet.

Kinder wiederholen, was ihre Eltern nicht bewältigt haben. Das ist ein psychoanalytischer Gemeinplatz, der aber auch die Hoffnung enthält, dass die Enkel es eines Tages besser ausfechten mögen. Keine Kinder zu haben, sich bewusst dagegen zu entscheiden, heißt, die Kette der Fehlerweitergabe zu unterbrechen und damit von der Wiederholung in den Fortschrittsmodus umzuschalten. So dachte ich in meiner Ehe, so dachte auch meine damalige Frau, doch jetzt kam mir das wie Hybris vor, denn was ist das Leben anderes als die Weitergabe von Fehlern. Ihre Weitergabe zu verweigern, würde bedeuten, das Leben selbst zu verweigern. Auch genetisch ist es so, dass erst die Abweichungen, die Fehler beim Kopieren der Chromosomenketten, Veränderungen und damit Entwicklung und Evolution ermöglichen. Warum also nicht auch in der Erziehung, die niemals fehlerfrei ist. Vermutlich wird auch der Junge eines Tages A. und mir alles Mögliche vorwerfen, was wir falsch gemacht oder versäumt haben und womit ich ihn gequält habe, nicht zuletzt mit schlechter Laune und meinem deutschen Ordnungssinn. Das ist unausweichlich, doch spätestens mit den eigenen Kindern merken die Jüngeren, dass es ihnen nicht anders ergehen wird. Es sind ja nicht bloß die Gene, sondern mehr noch die eigenen Erfahrungen und damit auch alles Unbewältigte, das über die Erziehung oder einfach nur die Existenz der Erwachsenen weitergereicht wird. Ich will nicht behaupten, ich hätte mich deshalb von meiner Frau getrennt, weil ich dann doch auf Wiederholung programmiert war, aber weil mir das schlechte Beispiel meiner Eltern vor Augen stand, wollte ich mich besser trennen, als es ihnen gelungen war, und auf keinen Fall um Dinge, Geld und Haus kämpfen wie einst mein Vater. Die Wunden, die sie sich beibrachten, gingen so tief, dass meine Mutter testamentarisch verfügte, mein Vater dürfe auf ihrer Beerdigung im Schwarzwalddorf nicht erscheinen, woran er sich dann auch hielt, stattdessen aber einen Kranz niederlegen ließ mit einer Schleife, auf der sein Name stand. Es war ganz und gar trostlos, wie sie miteinander umgingen oder wie sie vielmehr mit der Tatsache ihrer Trennung eben nicht umgehen konnten.

Als meine Mutter starb, war sie 56 Jahre alt, so dass ich inzwischen älter bin, als es ihr zu werden vergönnt gewesen ist. Sie hatte nach einer kurzen, glücklichen Phase nach ihrer Heirat mit dem Klavierlehrer in wenigen Jahren stark abgebaut und war in dieser Ehe rasch zu einem Pflegefall geworden. Dass es so kommen würde, muss ihnen beiden eigentlich klar gewesen sein, sie wusste doch um die Frist, die ihr die Herzoperation verschafft hatte und die zu diesem Zeitpunkt bereits abgelaufen war. Der Klavierlehrer hatte sich trotzdem nicht vorgestellt, wie es sein würde, zum Krankenpfleger zu mutieren, eine Aufgabe, der er sich nicht wirklich gewachsen zeigte. Mutter lehnte im Zuge ihrer sich intensivierenden Studien der Werke Rudolf Steiners die sogenannte Schulmedizin kategorisch ab, schon deshalb, weil mein Vater sie repräsentierte, und begab sich in die Hände anthroposophischer Ärzte in einem nicht allzu weit entfernten, darauf spezialisierten Krankenhaus. Auch wenn sie dort das Gefühl hatte, gut aufgehoben zu sein, schien mir, dass ihr körperlicher Verfall sich seitdem deutlich beschleunigte und mit ihrer Lebenskraft auch die Liebe zum Klavierlehrer schwand, indem das Idealbild des Künstlers, das er für sie repräsentierte, allmählich verblasste und die Liebe zwischen ihnen gegenüber Krankheit und körperlichem Verlöschen und dem dadurch bestimmten Alltag allmählich den Kürzeren zog.

Mutters Augen wurden immer größer und leuchtender, während das Fleisch von ihr abschmolz. Am Ende war sie nur noch blaue Haut und Knochen, doch ihr Blick sollte spürbar werden lassen, dass sie auf etwas schaute, was schon nicht mehr von dieser Welt war. Sie klagte nie, das war bewundernswert, dabei hätte sie allen Grund dazu gehabt. Ich war schockiert, als sie mich bat, ihren Rücken einzuölen und ich bemerkte, dass darunter tatsächlich nicht mehr viel zu finden war als Knochen und dass da, wo der Hintern sein müsste, einfach nichts mehr war, dass der ganze Körper sich auflöste und die Mutter schon fast verschwunden war, obwohl sie noch lebte und litt und sprach und naturgemäß nur noch Geist sein wollte und konnte. Sie erzählte mir von Krankenpflegern und Krankenschwestern, die mit ihren Nöten zu ihr kämen und mit denen sie in langen Nachtstunden »gute Gespräche« führe, wie sie das nannte. Je weniger sie sich auf ihren Körper verlassen konnte, umso mehr transzendierte sie ihren Erfahrungsraum, um den jungen Menschen, die sie versorgten, auf diese Weise voraus zu sein. Als eines späten Abends der Klavierlehrer bei mir in Berlin anrief, um mir die Todesnachricht zu übermitteln, wunderte ich mich nicht darüber; ich war ja von klein auf im Bewusstsein des bevorstehenden Muttertodes aufgewachsen, der wundersamerweise bis zu diesem Tag ausgeblieben war.

Zu dieser Zeit wohnte ich mit einem Freund, einem gelernten Klavierbauer, in einer Ladenwohnung, in die wir uns mit dessen handwerklichem Geschick einen Zwischenboden eingezogen hatten und wo, neben einem roten Plüschsofa, sein alter Blüthner-Flügel, den er sich hergerichtet hatte, die Blicke der Passanten anzog, wenn wir abends dort saßen und frisch gezapftes Bier tranken, das wir quer über die Straße aus der Gastwirtschaft gegenüber besorgten. Manchmal trat sogar jemand ein, die Tür stand meistens offen, und von außen sah unser Wohnraum so einladend aus wie eine besonders intime Kneipe. Neben dem Studium jobbte ich in einer Transportfirma, die morgens um vier Uhr dreißig bei mir anrief, wenn sie meine Dienste brauchte. Dann fuhr ich mit dem Rad zum Fahrzeughof in der Friedrichstraße und von dort aus mit einem Siebeneinhalbtonner quer durch West-Berlin, so dass ich auf diese Weise auch die abgelegensten Viertel zwischen Frohnau und Lichtenrade kennenlernte. Ich brachte Stahlträger in die Baugrube des Kammermusiksaals und Kies zu einem Neubau in der Kantstraße und Paletten mit Kartons zu Schering im Wedding, trug eine Latzhose und fühlte mich als vollwertiges Mitglied des Proletariats, das sich über einen guten Lohn und darüber hinaus die Berlinzulage freute.

Am übernächsten Tag traf ich im Schwarzwald ein; die Zugfahrt von West-Berlin über die Transitstrecke durch die DDR dauerte ewig, stundenlang stand der Zug tief in der Nacht an der Grenze in Griebnitzsee, rechts und links Betonmauern, während Uniformierte mit Spürhunden, deren heiseres Bellen unter den Waggons zu hören war, alles absuchten. Im Schritttempo zuckelte die Reichsbahn dann durch die

»Zone«, wie mein Berliner Freund und ich zu sagen pflegten, weil wir uns gerne über die westlichen Antikommunisten und Wiedervereinigungspathetiker lustig machten, vorbei an übel stinkenden Schornsteinen und sich kilometerweit an den Gleisen entlangziehenden Rohren, aus deren Fugen es so sehr qualmte, dass die ganze Gegend um Bitterfeld in einen gelblichen Nebel gehüllt wurde.

Mutters Leiche lag im offenen Sarg im Schlafzimmer, in dem es überdeutlich nach Lavendel roch. Mir ist dieser Duft seither unerträglich. Es war Mai, und es war warm, und ihr war anzusehen, dass sie schon länger dort lag, als es ihr guttat. Es brodelte und gluckerte im Inneren des toten Körpers, und das Gesicht nahm ein groteskes, froschartiges Aussehen an, weil es von den entstehenden Gasen auseinandergetrieben wurde. Wir legten ein weißes Taschentuch darüber, um uns diesen Anblick zu ersparen. Ein bayerischer Cousin mütterlicherseits, ein Student der Medizin, sprach dabei den mir unvergesslichen Satz: »Schon erstaunlich, was der Stoffwechsel bewirkt.« Und kurz darauf: »Also scheintot ist sie nicht.« Eine anthroposophische Priesterin schwenkte das Weihrauchfässchen und rief den Geist meiner Mutter an, damit er sich an ihren Worten stärke und so gekräftigt den rechten Weg finde.

Vier Männer aus dem Dorf schraubten den Deckel auf den Sarg, schulterten ihn und trugen ihn aus dem Haus, um ihn auf dem Anhänger eines PKW hüpfend und klappernd zum Friedhof zu befördern. Dort schüttelten mir zahlreiche fremde Menschen beileidsbekundend die Hand, und ich gab mir Mühe, einen angemessen trauernden Eindruck zu hinterlassen, obwohl ich tatsächlich gar nichts fühlte und es allenfalls schrecklich fand, dass weder die Geschwister noch die Mutter meiner Mutter gekommen waren, weil meine Mutter nach ihrer Scheidung glaubte, deren Vorwürfe und ihre Schuld nur durch eine radikale Lossagung von der Familie überwinden zu können, dabei aber übersah, dass die Schuld in Wahrheit in ihrem protestantischen, kranken Herzen wohnte und es von innen her zerfraß. So war allein mein bayerischer Cousin gekommen, ein Patensohn, der meine Mutter auch in ihren letzten Jahren immer wieder besucht hatte. Seine Schwester, die ich kaum je kennengelernt hatte, war einst eine Schülerin des Klavierlehrers gewesen, der sie – aber das erfuhr ich erst viele Jahre später – im Unterricht immer wieder bedrängte, indem er, wenn er neben ihr auf dem Klavierhocker Platz nahm, den Arm um sie legte und sie auf den Mund küsste. Die Cousine wandte sich in ihrer Not an meine Mutter, was zwar zur Folge hatte, dass die Zudringlichkeiten des Klavierlehrers von da an unterblieben, aber meine Mutter erstaunlicherweise kein bisschen an ihm zweifeln ließ.

Ich mochte den Klavierlehrer gerne, er war mir näher als mein Vater, und wenn ich übers Wochenende in den Schwarzwald fuhr, sprachen wir beim Abendessen viel über Politik, Literatur und Musik, was ich sehr genoss, weil ich es nicht kannte, bis Mutter dann sagte: »Jetzt haben wir aber ein gutes Gespräch geführt.« Er war nicht nur Freimaurer, sondern auch Sozialdemokrat und kam mir weniger konservativ vor als mein Vater. Ich fühlte mich von ihm verstanden und akzeptiert. Auch das Verhältnis zu meiner Mutter wurde dadurch besser, vielleicht aber auch bloß deshalb, weil die gegebene Distanz sich positiv auswirkte und es angenehmer ist, sich alle paar Wochen zu treffen, als jeden Tag miteinander verbringen zu müssen. Sie war nun weniger Mutter als Gesprächspartnerin, mit ihrem Leben änderte sie auch ihre Ansichten, wählte die Grünen, nachdem sie wie mein Vater und wie wohl alle Familienmitglieder sämtlicher Generationen und noch so ferner Verwandtschaftsgrade mütterlicher- und väterlicherseits immer nur die CDU gewählt hatte. Sie litt darunter, sich nicht mehr so, wie sie es jetzt gewollt hätte, engagieren zu können, bei den Ostermärschen, in der Friedens- oder in der Anti-AKW-Bewegung, doch umso stärker nahm sie Anteil an meinen Berichten von den Großdemonstrationen in Bonn, Brokdorf oder Mutlangen und an meinen Erlebnissen im Wackersdorfer Wald. Wenn sie noch einmal jung sein könnte, sagte sie, würde sie sich bei Ärzte ohne Grenzen in Afrika verpflichten, um irgendetwas Sinnvolles mit ihrem Leben anzufangen, und es war tragisch zu sehen, wie sie davon träumte, jetzt, wo es zu spät für alles war.

In den Jahren nach ihrem Tod besuchte ich den Klavierlehrer weiter, meist in den Ferien und zusammen mit meiner Frau, doch diese Besuche nahmen bald gespenstische Züge an, weil er zusehends in sich selbst verloren ging. Sein Verfall kündigte sich zunächst dadurch an, dass er wiederholte, was er kurz zuvor bereits gesagt hatte, und unentwegt damit beschäftigt war, das Essen für den nächsten Tag zu planen. Er benutzte einen klobigen, elektrisch betriebenen Gartopf, in dem er Körner so schonend zubereitete, dass sie darin sechs bis acht Stunden sanft vor sich hin schwitzten. Die Portionen, die er herstellte, waren winzig und schmeckten fad; wir gingen lieber auswärts essen. Am Abend saß er in eine Decke gehüllt auf der Terrasse und schien sich, wenn man Stunden später nach ihm sah, in der Zwischenzeit überhaupt nicht bewegt zu haben. Auch hatte er vergessen, Besuch zu haben, schreckte kurz zusammen, und es war ihm anzusehen, dass er rekapitulieren musste, wer da vor ihm stand. Er kam mir vor wie eine leere Hülle und erinnerte mich an die Müllerburschen in *Krabat*, die am Osterfeuer aus sich herausgehen, so dass sie den Körper am Feuer zurücklassen, während ihre Seele bei der Liebsten oder an anderen Orten Zuflucht sucht.

Eines Tages schob der Klavierlehrer dann acht Weinflaschen in den Backofen und erhitzte sie auf 200 Grad. Er konnte keine Schleifen mehr und klingelte bei den Nachbarn, um sich die Schuhe binden zu lassen. Er irrte im Dorf herum und fand den Weg nach Hause nicht mehr. Alles, was er noch wusste, waren die Körner im Gartopf, von denen er sich ernährte und die er einzeln abzählte, um ihre Zahl dann sofort zu vergessen. Seine Tochter, mit der er all die Jahre ein eher gespanntes Verhältnis unterhalten hatte, nahm ihn schließlich zu sich und brachte ihn in einem Pflegeheim in ihrer Nähe unter, wo er dann auch bald starb und begraben wurde, weil das für die Tochter praktischer war, als ihn neben meiner Mutter im dafür vorgesehenen Doppelgrab unterzubringen. Dieses nur halb belegte Muttergrab kam mir seither vor wie das Ehebett der Großeltern, in dem nach Großvaters Tod meine Großmutter in den Nächten ganz alleine neben der unter Decken verborgenen Abwesenheit ihres Mannes ruhte.

Dass Vater und Mutter zusammengehören, ist aus der Perspektive des Kindes, das ihnen seine Existenz verdankt, selbstverständlich. Daran kann nichts etwas ändern, auch nicht deren Scheidung oder ihr Tod, so wenig wie sich an der Gegebenheit, ihr Sohn zu sein, etwas ändern lässt. Die unhintergehbare Tatsache ist das eigene Leben, das aus ihrer Begegnung entsprang. Dabei lebte mein Vater seit nun schon 40 Jahren mit seiner zweiten Frau zusammen, diese Ehe hatte inzwischen deutlich länger Bestand als die mit meiner Mutter, so dass die Eltern eigentlich nur noch in mir, in meiner Existenz und in meiner Erinnerung verbunden geblieben waren, und vielleicht hatte das auch die Stiefmutter so empfunden und deshalb meine Gegenwart instinktiv abgelehnt. Auch da gab es ein Moment der Wiederholung und des Wunsches nach Verbesserbarkeit, denn ich hoffte und bildete mir ein, zu dem Jungen ein ganz anderes, näheres Verhältnis aufzubauen, auch wenn ich ihm nicht Vater sein konnte, dafür aber ein väterlicher Freund. Einen Vater hatte er ja schon; mit mir kam ein zusätzliches Element ins Spiel, doch wie sich das auswirken würde und welche latenten Stimmungen und Bindungen dabei wichtig werden würden, konnte ich noch nicht überblicken. Ich lernte jedoch, mich selbst mit den Augen meines Vaters als Kind zu sehen, indem ich erlebte, wie viel Rücksichtslosigkeit in Kindern steckt, die Essen und Aufmerksamkeit einfordern, Zeit und Nerven verschlingen und nicht fragen, wie es den anderen geht und wie viel Geduld das Elterntum erfordert, eine Geduld, an der es mir mangelte, die mein Vater aber doch gehabt haben muss im Umgang mit mir als forderndem Kind, falls er sich nicht einfach bloß abgeschottet hat hinter der Zeitung und unter seinem Kopfhörer.

Mir graute davor, der Stiefmutter nach so vielen Jahren wiederzubegegnen, obwohl auch sie sich mir zwischendurch einmal angenähert hatte, als sie mir in einer Geste plötzlicher Vertrautheit ihre Erinnerungen an die Kindheit in Dresden schickte, die sie in der Zeit geschrieben haben muss, in der auch mein Vater mit seinen Memoiren beschäftigt war. Sie schrieb in englischer Sprache, so sehr hatte sie sich von dem entfernt, was hinter ihr lag. Eindrucksvoll erzählte sie von der Zerstörung der Stadt im Bombenhagel am Karnevalsdienstag, dem 13. Februar 1945, als mit der Stadt auch das Elternhaus, eine Apotheke in der Nähe der Semperoper, verloren ging und ihre Kindheitswelt in Schutt und Asche versank. Als sie von der Schule nach Hause kam, ahnte sie nicht, dass sie ihre Freundinnen nie mehr wiedersehen würde, dass am nächsten Tag die meisten tot und die Überlebenden auf der Flucht sein würden, wie auch ihre Familie, die mit einer Sackkarre und den verbliebenen Habseligkeiten ins Umland zu entkommen suchte. In den traumatischen Erlebnissen dieser Tage vermutete mein Vater eine Ursache ihrer wiederkehrenden Depressionen. Gut verborgen unter der burschikosen Oberfläche, hatten sich die Bilder der Zerstörung als Kern der Traurigkeit tief in ihr eingenistet. So waren die englischen und amerikanischen Bombergeschwader womöglich für ihre bleibende Angst vor der Gegenwart des Todes verantwortlich und also auch dafür, dass sie nun das Sterben meines Vaters nicht ertrug und sich rechtzeitig zurückgezogen hatte. Ich war nach wie vor nicht sicher, ob ich dafür Verständnis aufbringen sollte.

Ich überquerte eine kleine Brücke, unter der im Dunkel das helle Gestein eines ausgetrockneten Flussbetts und damit die Grenze zur Zivilisation zu erkennen war, die sich mit dem Campingplatz Murphy's Landing und einer Esso-Tankstelle direkt gegenüber ankündigte, ein Motel und eine Gemeindehalle folgten, dann kleine, barackenartige, weiß gestrichene Holzhäuser mit Gärtchen und Veranda, die sich in Nebenstraßen und ins Dunkel hinein verloren und Ärmlichkeit ebenso wie ein großes Wunschpotential erkennen ließen, ein Sportplatz und ein Schulgebäude, das aussah wie eine Fabrik, dann etwas stattlichere Häuser mit hellen Fenstern und schließlich eine Straßenkreuzung, über der eine Ampel schwebte. Als ich noch überlegte, wo ich mein Hotel finden würde, entdeckte ich es auch schon. Ich musste nur auf den Parkplatz links abbiegen und stand direkt davor, The Lodge at Arrow Lakes, das Hotel am Platz, in dem ich vor der Abreise ein Zimmer gebucht hatte, weil mich die online gegebene Verheißung »Life is full of surprises« überzeugte und weil versprochen wurde, es sei das Richtige für alle, die »weary or full of wanderlust« wären, ich hatte nicht gewusst, dass es dieses deutsche Lehnwort im Englischen gab, aber zwischen weary und wanderlust konnte ich mich wiederfinden. Ich parkte neben dem Eingang vor einem silbernen Ungetüm, so groß wie ein Container, seitlich vergittert, vermutlich das Aggregat einer Klimaanlage, jedenfalls führte ein dicker, poröser Gummischlauch heraus, den ich anstarrte, als wäre er das eigentliche Ziel meiner Reise. Die Stirnseite der Box zierte die idealisierte, blaue Graphik eines Indianerkopfes im Profil, mit Adlernase, Stirnband und einer Federhaube, die wie ein Kamm oder die Stacheln eines Igels aussahen. Der Indianer schien zu weinen, aber vielleicht sollte der Strich unterm Auge vielmehr seine Kriegsbemalung andeuten. In Schreibschrift war darunter sein Name zu lesen: Tecumseh. Der Held meiner Kindheit hatte sich in ein Markenzeichen verwandelt.

Die Dame am Empfang überreichte mir einen unförmigen Schlüssel, der so aussah, als gehörte er zur Schlüsselsammlung meiner Tante. Ich fragte nach dem Weg zum Krankenhaus und machte mich sofort auf, es war ungefähr 23 Uhr, zu Hause also Zeit fürs Frühstück, als ich an der Eingangstür des Arrow Lakes Hospital klingelte, ohne dass aus dem Inneren des Gebäudes irgendetwas zu hören gewesen wäre. Doch aus einem schummrigen Flur näherte sich die Gestalt der Nachtschwester, die schon beim Öffnen, bevor ich meinen Namen genannt hatte, wusste, dass ich der zu später Stunde erwartete Sohn sein müsse und mich bat, ihr zu folgen.

Wir gingen durchs Foyer, vorbei an einem Schaukasten, in dem allerlei Urkunden und Zeitungsartikel über die Arbeit der Ärzte ausgestellt waren, durchquerten ein offenes Behandlungszentrum mit Liegen in kleinen Nischen, die nur durch Vorhänge voneinander abgetrennt wurden. Die Nachtschwester passierte das Schwesternzimmer, in dem zwei ihrer Kolleginnen an einem Esstisch saßen, die mir lächelnd zunickten und den Daumen nach oben reckten, bevor sie sich wieder ihren Sandwiches zuwandten, und ein paar Meter weiter sah ich durch die weit offen stehende Zimmertür hindurch meinen Vater. Ich erkannte ihn sofort, auch wenn kaum etwas an den erinnerte, den ich vor vierzig Jahren aus den Augen verloren hatte.

Winzig klein kam er mir vor, wie er da in seinem Bett lag, die Decke straff um den Leib gezurrt und ringsum festgemacht wie ein Kokon, aus dem er sich mühsam herausarbeiten müsste. Den Kopf hielt er seitwärts geneigt, so dass er auf den Flur hinaus und mir entgegen blickte, seine Augen waren offen, grau und silbrig wie ein See an einem trüben Tag, und mir schien, als wären da keine Pupillen mehr, nur noch Fläche, als hätte er die Sehkraft bereits eingebüßt oder würde durch mich hindurch ein Ziel in größerer Ferne anvisieren, mehr vorgestellt als wahrgenommen. Im selben Moment fing er zu zittern an, der schmächtige Körper unter der Decke bebte bis hinunter zu den Füßen so stark, dass das ganze Bett vibrierte und klapperte, die auf der Bettdecke liegenden Arme, dünn wie zerbrechliche Ästchen, wurden von einem nicht zu bändigenden Tremor herumgeschleudert, ich ergriff seine Hände zur Begrüßung, aber mehr noch, um sie festzuhalten, während sein Mund sich öffnete und schloss, öffnete und schloss, und es war nicht zu entscheiden, ob er etwas sagen wollte oder ob er bloß nach Atem rang und alle Versuche zu sprechen längst eingestellt hatte. Das Erste, was der Sterbende verliert, ist die Sprache. Wenn ihn die Sprache verlässt, verlässt ihn auch das Leben. »Vater«, sagte ich, »lieber Vater«, etwas anderes fiel mir nicht ein, und ich streichelte seine Wangen, bis das Ganzkörperbeben allmählich schwächer wurde, die Vibrationen liefen nun in regelmäßigen Wellen vom Kopf zu den Füßen hinab wie die Wellen auf einem See, die der Wind vor sich hertreibt und die am Ufer sanft auslaufen. Die Hände zitterten wie Schilfgras, die silbernen Augen waren nicht zu ergründen.

Ein eigenartiger, dumpfer, nicht unangenehmer Geruch stieg von ihm auf, den ich für den Geruch des Todes hielt, es roch weder nach Schweiß noch nach Seife noch nach Haut, nach nichts, das als Körpergeruch aus ihm herauskam, sondern eher so wie die abgestandene Luft in einem Gewächshaus, feucht und dumpf und doch einladend, der Geruch hüllte ihn ein. Sein Schädel war kahl und mit braunen Flecken übersät, nur seitlich über den Ohren waren ihm flaumige Haare geblieben, die sich genau an derselben Stelle verwirbelten, an der auch bei mir ein paar Wirbel machen, was sie wollen. Auf der Schläfe hatte er eine halb verschorfte Wunde, die wohl von seinem Sturz herrührte. Das Gesicht wirkte wie gemeißelt, entschlackt und von allen Nöten gereinigt, zugleich aber angespannt, hoch konzentriert und lauschend. Es waren die Augen, die lauschten. Die Wangenknochen standen heraus, der Totenschädel war schon deutlich zu erkennen. Die dünne, pergamentgelbe Haut saß direkt auf den Knochen, ich konnte hindurchsehen auf den Schmerz, der in ihm arbeitete, ihm den Mund verformte und leise Klagelaute aus ihm herauspresste. Er hob die Hand, in der eine

Infusionsnadel mit einer grünen Portalöffnung steckte, als würde er jemandem winken wollen. Der zarte Brustkorb hob und senkte sich bei jedem Atemzug unter äußerster Anstrengung, es war, als ob die Luft Widerstand leisten würde, eine zähe Masse, die sich nicht einsaugen lassen und erst recht nicht mehr entweichen wollte, und dieser Kampf nahm meinen Vater völlig in Anspruch.

Das Bett, in dem er lag, fauchte wie ein Blasebalg und wölbte sich auf. In die Matratze war eine Pumpe eingebaut, die in regelmäßigen Abständen Luft hineinblies, damit sich die Liegefläche und damit auch die Lage des Liegenden veränderte, um auf diese Weise einem möglichen Dekubitus vorzubeugen. Das klang so, als würde das Bett den Sterbenden von unten beatmen. Ich fasste ihn an der Schulter, er stöhnte leise, als wäre schon diese Berührung schmerzhaft, ließ es dann aber geschehen, dass ich ihn streichelte, Gesicht, Schulter, Arme und Hände, ich berührte meinen Vater zum ersten Mal auf diese Weise, wann hätte ich ihn auch streicheln sollen, ausgiebig geschmust und gezärtelt hatte ich als Kind bloß mit meiner Mutter, aber niemals mit ihm. »Ich bin da, ich bin bei dir«, sagte ich jetzt und dann immer wieder »Vater, lieber Vater«, er beruhigte sich unter meinen Worten und meinen Berührungen, von denen ich hoffte, dass sie ihn erreichten und dass nun, da ich rechtzeitig angekommen war, nichts mehr zwischen uns stünde, er war der Vater, ich war der Sohn, und mehr gab es dazu auch gar nicht zu sagen.

Die Krankenschwester betrat den Raum, um nach ihm zu sehen, sie sagte, wie froh sie sei, dass ich es geschafft hätte »right in time«, »you made it, it's a miracle«. Sie stellte ein Tablett mit einer Flasche Wasser und einem Rührkuchen bereit, den ich begierig aufaß, und kehrte kurz darauf mit einer Morphiumspritze zurück. »Wir machen es ihm damit leichter«, sagte sie. »Es sieht so aus, als hätte er Schmerzen, aber vielleicht sieht das nur für uns so aus.« Wir wissen nicht, was da im Inneren geschieht und was überhaupt wehtut, wenn das Leben endet und der blinde Leib sich dagegen wehrt, weil wir nicht wissen, was genau passieren muss, damit der Organismus sich selbst ausschaltet. »Wir können nur assistieren und zurücktreten«, sagte sie, während sie die Morphiumspritze setzte, was ihn sichtlich beruhigte, die Klagelaute verebbten, die Ärmchen bäumten sich nicht mehr auf, die Atmung wurde leichter, er schlummerte ein, als wäre er auf eine Wolke gebettet. »Er ist schön«, sagte ich zur Schwester, als sie den Raum verließ, »so schön ist er mir nie zuvor gewesen«, und sie, die schon viele Menschen sterben sah, nickte von der Tür her verständnisvoll, ja, so ist es.

Er war mein Vater, und er war mir nah. Ich hielt seine Hand, die nun ruhig und kühl in meiner lag, und stützte mit der anderen seinen Kopf, den er, wie es mir vorkam, in meine Handfläche hineinschmiegte, sie war sein Kissen, seine Wärme, seine Verbindung zum Leben, das noch in ihm war und das sich weiter sehnte, weil Leben bis zum letzten Augenblick Sehnsucht ist, die Sehnsucht des Lebens nach sich selbst. Ich vermisste A., die mir hätte erklären können, was ich nicht verstand und, schlimmer noch, was ich nicht empfand. Neben ihr war ich im Umgang mit anderen Menschen ein Gefühlskrüppel. Sie konnte Zeichen sehen und deuten, die ich noch nicht einmal wahrnahm, sie hatte ein Gespür, das mir fehlte und das eine sarkastische Boshaftigkeit ebenso wie eine tiefe Empathie zur Folge haben konnte. Wenn sie liebte, ließ sie sich nicht nur von dem Wunsch leiten, es dem Geliebten gut und schön und warm zu machen, sondern auch ihn selbst zu verschönern. So hatte sie auch darauf gedrängt, dass ich dem Vater zum Geburtstag ein Nachschlagewerk über Hölderlin schicken solle, um ihm eine Freude zu machen, aber mehr noch, um mich selbst im Verhältnis mit ihm zu verbessern, was ich aus Faulheit, aus Bequemlichkeit und der alten Gewohnheit, dass ich ihm noch nie etwas zum Geburtstag geschenkt hatte, dann aber doch nicht tat. Jetzt war es auch dafür zu spät.

Was ist das Leben, was ist die Liebe? Der Tod ist das Gebirg des Seins, der Schrein des Nichts, der Sprung in den Abgrund, der Punkt jenseits, auf den das Leben zuläuft, ohne ihn je zu erreichen, weil es dann, wenn es dort ankommt, schon nicht mehr ist. Welche Anstrengung es bedeutet, dieses Gebirg zu besteigen, konnte ich jetzt sehen, das war kein Spaziergang, sondern eine Tour in Höhen, in denen der Sauerstoff knapp wird, auch wenn Vater jetzt ruhiger atmete und sein Brustkorb sich hob und senkte wie der eines zerbrechlichen Vögelchens und der Matratzenmechanismus unter ihm schon wieder fauchend ansprang und Luft einblies.

Früher war ich klein und er war groß und stark gewesen, ja, eine Zeitlang sogar dick. Wir spielten Fußball im Garten, eins gegen eins, und er ließ mich gerne gewinnen bis zu dem Tag, als ich merkte, wie leicht es war, ihn zu umdribbeln, und er sich vergeblich gegen die drohende Niederlage stemmte. Wir rannten im Garten herum und aneinander vorbei, und wenn einer von uns ins Tor traf, dessen Pfosten wir mit Flaschen oder Jacken darstellten, schrien wir laut: Tor! Tor! Tor! und rissen die Arme in die Höhe, wir waren Spieler, Stadion und Kommentator gleichzeitig, während meine Mutter im Liegestuhl lag und uns von der Ehrentribüne herab zuschaute.

Sport war immer wichtig, Sport war die Art und Weise, in der wir uns in Beziehung zueinander setzten. Zu einer Zeit, als Joggen noch nicht so verbreitet war, unternahm er lange Waldläufe, um sich für seine Hochgebirgstouren fit zu machen, und als ich alt genug dafür war, durfte ich ihn begleiten, es ging einen Trimm-Dich-Pfad entlang, wo man über Hürden springen und über Baumstämme balancieren musste, und dann eine steile Weinbergtreppe am Neckar hinauf, ich war leichter als er, das verschaffte mir einen kleinen Vorteil. In früheren Jahren nahm er mich mit auf den Tennisplatz, dann war ich der Balljunge, der am Netz kauerte, um die Bälle, die dort hängen blieben, ihm und seinem Arztkollegen, mit dem er sich maß, zuzuwerfen. Zur Belohnung für diese Dienste bekam ich hinterher ein Eis im Clubhaus spendiert, bevor wir im gemeinsamen Gefühl, etwas geleistet zu haben, nach Hause fuhren.

Mitternacht ging vorüber, der Ostermontag brach an. Die Wanduhr im Sterbezimmer tickte leise, sonst war nichts zu hören, wenn nicht gerade der Blasebalg im Bett loslegte, die Sekunden rieselten einzeln dahin so wie die Atemzüge meines Vaters, ich saß neben seinem Bett in einem Sessel und betrachtete ihn. Ich hätte mich auch hinlegen können, für Angehörige stand im Nebenraum eine Couch zur Verfügung, aber ich wollte ihn nicht alleine lassen, ich war doch nicht den weiten Weg gekommen, um zu schlafen. Als mein Großvater starb, machten wir gerade Urlaub in Italien. Wir waren mit dem Ford Taunus 17 M über die Alpen gefahren, dem Krokodil, ich erinnere mich vor allem an die runden Rücklichter und an die Lenkradschaltung, doch das müssen spätere Erinnerungen aus der Zeit sein, in der ich in der Garage im Auto hinterm Steuer zu sitzen pflegte, die Kupplung trat und die Schaltung bediente und, indem ich das Motorengeräusch simulierte, Autorennen bestritt oder im Autoradio die Bundesliga-Konferenz hörte. Von diesem Sommer in Italien aber ist mir nichts geblieben, aus den Erzählungen der Eltern weiß ich jedoch, dass ich gerade die Trotzphase durchmachte, ununterbrochen laut brüllte und an der Hand hinterhergezogen werden musste, weil ich zu faul war, meine Füße zu heben. Ich war ein dickes, bockiges Kind, das unter der Hitze und unter einem Hautausschlag litt und das die Italiener grosso biondo nannten. So saß ich zwischen den Eltern am Strand und brüllte, es kann kein Vergnügen für sie gewesen sein. Im Hotel dann die Nachricht per Telegramm, dass der Großvater einen Schlaganfall erlitten habe. Mein Vater setzte sich sofort in den Zug, ließ Frau und Kind und Fahrzeug zurück, um so schnell wie möglich zu Hause einzutreffen. Sein Vater lag in der Inneren Abteilung des Krankenhauses, das er mit seiner Operationskunst geprägt hatte, ihm war nicht mehr zu helfen, nach einer Gehirnblutung war er bewusstlos. Im Lauf der Jahre habe er seinen Vater zunehmend geschätzt und immer mehr verehrt, schrieb Vater in seinen Erinnerungen und fügte vorsichtig hinzu: »Ob man diese Zuneigung Liebe nennen könnte, wage ich nicht zu sagen.« Das Sterben des Vaters habe ihn tief erschüttert, er habe ihm gerade noch die Hand drücken und ihn streicheln können, schrieb er weiter, und so wie er damals die Hand seines Vaters hielt, hielt ich jetzt die seine, und mir schien, es müsste da jemanden geben, der uns dabei zusieht und weiß, warum wir die uns zugewiesenen Plätze einnehmen von Generation zu Generation. Vom Erbe, das nach dem Tod seines Vaters auf ihn fiel, bauten meine Eltern das Fertighaus im Schwarzwald, das nach der Scheidung dann zu Vaters Ärger meiner Mutter und mit ihr dem Klavierlehrer zugesprochen wurde.

Noch zur gemeinsamen Zeit im Schwarzwald hatte Vater ein Schlauchboot gekauft, das sich als Segelboot betreiben ließ, mit dem wir auf der Nagoldtalsperre kreuzten. Die erforderlichen Kenntnisse dazu stammten vermutlich aus seinen Jahren bei der Marine-HJ, als er, schon während des Krieges, mit seiner Einheit am Bodensee segelte. Es gehörte aber auch ein Außenbordmotor dazu, der dort verboten war, aber einmal setzten wir ihn auf dem Neckar in Gang, und ich weiß noch, dass ich beim Einstieg ins Boot abrutschte und mit beiden Beinen im Fluss stand, der damals eine übel stinkende, schäumende Kloake gewesen ist. Dann saß ich vorne im Boot, dessen Bug sich hob, wenn Vater beschleunigte, und wir brausten über das braune Gewässer, überholten einen Frachter, ich saß vorne, er hinten am Steuer, er trug ein weißes Unterhemd, unter dem seine dichten Brusthaare sichtbar waren, und sein langes, die Glatze bedeckendes Kopfhaar flatterte im Fahrtwind. Das ist der Moment meiner Kindheit, in dem er mir am deutlichsten Vater gewesen ist, ich bewunderte ihn, ich vertraute ihm, er war der Kapitän, und es machte überhaupt nichts aus, dass meine Schuhe und meine Hose stanken, wir lachten darüber.

Ich muss dann doch eingeschlafen sein, denn die Wanduhr zeigte zwei Uhr, als ich aufschaute, Vater war wieder unruhig geworden, ruckte mit den Armen und mit dem Kopf, sein Atem wurde von einem pfeifenden Röcheln und einem Jammerlaut begleitet, er schien Zentnerlasten auf der Brust stemmen zu müssen, die Finger verkrampften sich vor Anstrengung. Die Nachtschwester kam mit einer weiteren Dosis Morphium.

Während sie ihm die Spritze gab, sah ich auf das Plakat am Kopfende des Bettes, das einen von Licht durchfluteten Wald zeigte. Die Sonnenstrahlen fielen bündelweise auf sehr grünen Farn, die Stämme standen dicht und kräftig wie in Märchenbüchern oder in Sterbehilfezimmern in Science-Fiction-Filmen, wo dann auch gerne ein Reh über die Lichtung wandert. Doch solche Szenarien gab es früher wirklich, wenn wir an den Wochenenden im Schwarzwald ausgedehnte Spaziergänge unternahmen und die Wege durchs Dickicht nicht enden wollten. Vater umrundete Waldwiesen, statt sie zu queren, was mich verstimmte, weil ich das für einen Umweg hielt, ohne zu verstehen, dass jeder Spaziergang ein einziger Umweg ist, bei dem man von zu Hause aufbricht, nur um dorthin zurückzukehren. An Sommerabenden verlängerte Vater den Waldaufenthalt, indem er aus Stifters *Waldgänger* vorlas, wir saßen auf der Terrasse oder lagen in Liegestühlen nebeneinander, und ich schlief sofort ein.

Das Morphium besänftigte den Sturm, der da im Inneren tobte, und rief eine absolute Windstille hervor. Vaters Gesichtszüge glätteten sich, seine Haut war straff und sah kein bisschen so aus wie die eines Greises, er schien mir alterslos und immer schöner, als ich einen Arm um seine Schultern legte, um ihn zu halten und zu wiegen, und unter der Haut die Knochen spürte. Er ließ es geschehen, die Hände blieben ruhig, auch der Atem ging leichter, so dass ich den letzten Atemzug gar nicht registrierte, ich sah nicht das Aufhören, sondern bemerkte, dass er aufgehört hatte zu atmen, ohne zu wissen, ob das jetzt gerade eben oder schon vor einigen Sekunden gewesen war, ob da also schon mehr Atemzüge fehlten als bloß ein einziger. Es war 2 Uhr 40, und von nun an würden alle seine Atemzüge fehlen, aber die fehlenden würden sich so wenig zählen lassen wie die Atemzüge, die ein Mensch im Laufe seines Lebens vollendet. Schon den ersten, der fehlte, hatte ich versäumt. Das ängstliche Herz hatte aufgehört zu schlagen, Vater hatte es hinter sich, kein Leiden mehr, kein Kampf, keine Not, und mir fiel Ernst Jünger ein, der, als ihn die Nachricht vom Tod seines Sohnes im Zweiten Weltkrieg erreichte, in seiner Trauer den erstaunlichen Gedanken niederschrieb, der Sohn habe es »gleich beim ersten Male besser gemacht« als er und sei darin »unendlich über ihn hinausgegangen«, über ihn, den Vater, der einen Weltkrieg zuvor zahlreiche, teils lebensbedrohende Verletzungen überstanden hatte, als wäre die unersättliche Todesneugier seine Lebensversicherung gewesen. Für Jünger war es eine Leistung, die Schwelle zum Tod zu überschreiten, wofür er alle bewunderte, die das geschafft hatten, und auf gewisse Weise bewunderte ich jetzt auch meinen Vater für das, was er geleistet hatte, weil es ihm gelungen war, sich von allem zu verabschieden, was einmal wichtig gewesen war, sogar von der Liebe, so dass er gehen konnte und ich hinter ihm zurückblieb als Hinterbliebener.

Das Sterben war am Ende ganz leicht gewesen, ein unmerklicher Übergang, eine unsichtbare, hauchzarte Grenze, ein Nichts zwischen Leben und Tod, ein Brustkorb, der sich nicht mehr hebt und senkt. »Sanft entschlafen«, ging mir als Phrase durch den Kopf und dann der Gedanke, dass man im Leben nie weiß, wann das letzte Mal ist: das letzte Glas Wein, der letzte Blick über den See, das letzte Mal Schuberts *Winterreise*, das letzte Mal aus dem Haus, und schon folgte die nächste Phrase, dass man immer alles so tun müsse wie zum letzten Mal. Ich holte die Nachtschwester zurück, die mir stumm kondolierte und nun auch offiziell den Eintritt des Todes feststellte. »Die meisten sterben in der Stunde zwischen zwei und drei«, sagte sie, »da ist die Müdigkeit am tiefsten, da beginnt der neue Tag.« Ob er sich extra die Nacht von Ostersonntag auf Montag ausgesucht hatte, wo das Auferstehungsgeschehen schon fortgeschritten ist? Die Schwester drückte ihm die Augen zu und ließ mich mit Vaters Leiche allein, und wieder gingen meine Gedanken seltsame Wege, indem ich mich über die Eigenart der Sprache wunderte, eine Leiche jemandem im Genitiv zuzuschreiben, als ob die gestorbene Person deren Besitzer wäre, sich im Tod also verdoppelt hätte. Vaters Leiche. Mein Leib, heißt es auch, und meine Seele. Aber wenn ich doch nichts bin als Leib und Seele, wer ist dann der, der »mein« sagt?

Eigentlich hätte seine Frau bei ihm sein müssen, die so viel mehr zu ihm gehörte als ich. Sie hatte ihn sich ausgesucht fürs Leben, während Vater und Sohn aneinandergeraten, ohne sich gewählt zu haben. Doch sie war zu Hause und schlief vermutlich zu dieser späten Stunde, in der ich an ihrer statt bei ihm saß, ohne mich zu regen, und nun war ich doch entschlossen zu glauben, dass es zumindest von seiner Seite aus ein Akt der Liebe gewesen ist, nicht egoistisch auf ihrer Anwesenheit bis zum Ende zu bestehen, sie vielmehr freizugeben und ihre Angst vor dem Tod zu respektieren. Wie viel Zartheit, wie viel Rücksichtnahme steckte in diesem Entschluss. Ich ging um das Bett herum, betrachtete den Toten von allen Seiten, der mir zugleich vollkommen fremd und rätselhaft vertraut erschien, und während er mit auf die Brust gesunkenem Kopf in seinem Kissen ruhte, begann ich, die Gegenstände auf dem Nachttisch zu sortieren, eine Dose, ein Apfel und seltsamerweise eine Haarbürste, zog die Schublade auf, in der nichts lag als eine Bibel, so wie das auch in Hotelzimmern der

Fall ist, aber in diesem Raum, wo gestorben wurde, hatte die Anwesenheit der Bibel dann doch einen tieferen Sinn. Ich blätterte darin herum und suchte die berühmte Paulus-Stelle in den Korintherbriefen, wo es um die Liebe als höchste Geistesgabe geht. Die Liebe ist langmütig und freundlich, heißt es da, sie treibt nicht Mutwillen, bläht sich nicht auf, ist nicht ungebärdig und nicht erbittert. Sie rechnet das Böse nicht zu, sie freuet sich nicht der Ungerechtigkeit, sie freuet sich aber der Wahrheit; sie verträgt alles, sie glaubet alles, sie hoffet alles, sie duldet alles, und auch wenn alles endet und alle Erkenntnis an ihre Grenzen stößt und alles Wissen Stückwerk bleibt: Die Liebe höret nimmer auf.

Die Uhr tickte weiter, das fiel mir auf, als hätte ich erwartet, dass die Zeit stehen bleiben müsste. Ich konnte nicht aufstehen, nicht weggehen, ihn nicht alleine zurücklassen in der kanadischen Nacht, »du kannst mich doch hier nicht so liegen lassen«, hatte er vor ein paar Tagen noch gesagt. Dass der Dichter in Abwesenheit der Malerin gestorben wäre, konnte ich mir nicht vorstellen. Er war ihr in ihre Wohnung gefolgt, hatte sich auf ihr Bett gelegt, um ihr in diesem Augenblick nahe zu sein, instinktiv suchte er ihre Gegenwart, weil der Sterbende ahnt, was ihm passiert und weil die Liebe das Einzige ist, was sich dem Tod entgegenstellen lässt.

Utopie, Kunst und Erotik gehörten so unmittelbar zusammen, dass sein Schreiben, ihr Malen und ihre gemeinsame Lust zusammenfielen. Ihre Liebe wurde Kunst, und aus ihrem Schaffen wuchs ihre Liebe, hatte ich in der Überzeugung geschrieben, damit eine schöne Utopie zu formulieren. Es gibt nichts Erotischeres als die Gemeinsamkeit des Erschaffens, weil, wie ich weiter ausführte, Liebe eine Regung des Leibes ist und weil sie zusammen mit der Kunst aufbricht. Die Malerin aber hatte ein Sternchen hinter den Satz gemacht und als Fußnote angemerkt: »Das soll ein außenstehender Biograph nicht formulieren.« Sie hatte auch an dieser Stelle vermutet, ich wollte ihre Kunst und seine Dichtung herabwürdigen und in den Schmutz ziehen, und hatte nicht verstehen wollen, dass die Verbindung von Eros und Kunst notwendig ist, dass Kunst gar nicht anders gedeihen kann als in dieser Partnerschaft und dass vermutlich auch die Liebe nur dann haltbar ist, wenn sie zu einer künstlerischen Kraft wird, aus der beide schöpfen. Von daher verstand ich, was den Dichter und die Malerin zusammengehalten hatte und warum sie seine Dichtung so hoch schätzte. Aber ich hatte keine Ahnung, was meinen Vater und meine Stiefmutter verbunden und was ihrem Verhältnis seine Haltbarkeit verschafft hatte. Ich wusste nicht, wie sie sich wahrgenommen, wie sie miteinander gesprochen hatten, wie sie miteinander umgegangen waren, ich kannte ja nur den pragmatischen Anfang und das merkwürdige Ende und zweifelte deshalb auch an den 40 Jahren dazwischen. War mein Vater glücklich gewesen mit ihr, mit seinem Leben, mit der kanadischen Diaspora? War seine Liebe mehr gewesen als ein Entschluss, dem er treu blieb, weil es sich so gehört? Ich wusste es nicht. Darüber hatte er keinerlei Auskunft gegeben. Ich sah nur, wie er da lag, und hatte das Gefühl, es war jetzt gut.

Mir schien, als höbe sich ganz leicht seine Brust, als wäre da noch ein wenig Atemkraft in ihm, und auch die Augen, die die Nachtschwester ihm geschlossen hatte, waren wieder aufgegangen und starrten an die Zimmerdecke. Doch seine Hand war kalt, die Haut sah wächsern aus, und ich wusste, dass das Leben nicht auf einen Schlag entweicht. Die im Organismus ablaufenden Reaktionen klingen langsam aus, es ist noch ein Rest Luft in der Lunge, die Fingernägel und die Bartstoppeln scheinen weiterzuwachsen, es sind noch Energien übrig, die verbraucht werden müssen. Der Körper ist keine Maschine, bei der ein Schalter auf Null gestellt wird, und dann ist es aus. Ich rief A. an, um ihre Stimme zu hören, und berichtete ihr alles, was geschehen war. Sie fragte nichts, sie hörte zu, sie sagte nicht viel, aber das war auch gar nicht nötig, sie war da, sie war bei mir, und es war gut, sie in der Welt zu wissen. Wir schwiegen lange, ich legte mich dann doch auf die Couch im Nebenraum, um ein, zwei Stunden zu schlafen. Durch die offene Tür konnte ich den Toten sehen, dessen Profil ich A. zu beschreiben versuchte, und wieder schien es mir, als würde die Decke über seiner Brust sich heben, als würden seine Augen nach mir suchen. Und lagen die Arme so wie vorhin, oder hatte ihre Position sich verändert?

Als ich erwachte, war es hell geworden, und vor mir stand eine kleine Frau mit langem, dunklem, ins Violette spielendem Haar, das wie ein Umhang ihren Rücken bedeckte. Sie trug eine Lederjacke und hohe Stiefel und sah aus wie eine jüngere Schwester der Malerin. »Ich bin die Steuerberaterin«, sagte sie, »mein Beileid«, und reichte mir die Hand, sie schaute mir tief in die Augen, nickte traurig und informierte mich sogleich über die nächsten anstehenden Schritte. Sie hatte zuletzt mit Vater gesprochen, hatte ihn jeden Tag im Krankenhaus besucht und Bericht erstattet, sie war die Vertraute, die nicht nur seine Steuererklärung gemacht hatte, sondern auch den letzten Willen kannte und über alles Bescheid wusste, so auch darüber, dass er verbrannt und im Garten seines Hauses unter einem Rosenbusch beigesetzt werden wollte. Das

Krematorium befand sich in der nächsten Stadt, fünfzig oder hundert Kilometer weit weg, die Leiche werde bereits heute abgeholt und die Urne in zwei bis drei Tagen zurückgebracht werden, sagte die Steuerberaterin, das gehe in Kanada sehr schnell und unbürokratisch, und die Verbrennung sei, anders als in Deutschland, kein feierlicher Akt, an dem Freunde und Verwandte teilnähmen, sondern ein technischer Vorgang ohne Zeugenschaft. Was mit der Asche dann geschehe, sei Sache der Hinterbliebenen, da gebe es keine Vorschriften, man dürfe sie zu Hause aufbewahren oder in den Wind streuen, und deshalb sei auch eine Bestattung im eigenen Garten vollkommen unproblematisch. Sie werde nun auch gleich die Stiefmutter informieren, vorsichtig und in der Hoffnung, dass sie die Nachricht verkrafte.

Ich war der Steuerberaterin dankbar, dass sie alles Organisatorische übernahm und ich mich um nichts kümmern musste, bewunderte ihren Elan, ihre Entschlossenheit, wunderte mich jedoch, warum sie das machte und wie mein Vater an so eine Frau geraten war, die womöglich, wäre sie dafür nicht dreißig oder vierzig Jahre zu jung gewesen, besser zu ihm gepasst hätte als die Stiefmutter. Zum Skifahren und Wandern hätte sie bestimmt ebenso gut getaugt, wie sie da in ihren hohen Stiefeln vor mir stand, und ich konnte mir nicht vorstellen, dass mein alter Vater von ihr erotisch nicht zumindest ein kleines bisschen angesprochen worden war, von dieser jungen, tatkräftigen Frau ohne bleierne Zustände, das musste ihm doch gefallen haben. Schon vor zehn Jahren hatte er mitgeteilt, dass er die Steuerberaterin zu seiner Testamentsvollstreckerin ernannt habe, doch einige Zeit später wurde sie notariell gestrichen, weil sie, auch das erklärte mein Vater über den Atlantik hinweg, sich von ihrem Mann getrennt habe und nun mit einem anderen zusammenlebe, von dem er nicht wisse, was er von ihm halten solle. Doch wiederum ein paar Jahre später war sie plötzlich rehabilitiert und das Vertrauen wiederhergestellt. Mir kam dieses Hin und Her seltsam vor, und jetzt fragte ich mich, ob vielleicht eine Abneigung der Stiefmutter ausschlaggebend gewesen sein könnte, die eine Nebenbuhlerin fürchtete, zumindest eine Art Nebenattraktion, die sie nicht ertrug und meinem Vater missgönnte. Im Zweifelsfall konnte sie ihre Depression ins Spiel bringen und damit immer siegreich sein.

Dass die Steuerberaterin mich an die Malerin erinnerte, hatte mit ihrer Vitalität, mit dieser Ausstrahlungskraft zu tun, der ich mich – und vielleicht empfand ich da, wie mein Vater empfunden hatte – sofort anvertraute. Sie würde es schon richten. Gemeinsam traten wir ans Totenbett, sie hielt die Hände vor dem Bauch gefaltet, und mir kam es so vor, als wären die Ohren und die Nase meines Vaters in den letzten Stunden gewachsen, die Nase hatte zu einer ausdrucksvollen, scharfen Form gefunden, die mir zu seinen Lebzeiten nie aufgefallen war, sie sah aus wie eine Messerklinge. Alles war konturierter und klarer geworden in diesem Gesicht, das einen tief in sich gekehrten Ausdruck angenommen hatte. Die Steuerberaterin verabschiedete sich von ihm mit der Andeutung einer Verbeugung, von mir mit einer Umarmung. Ich ging wenig später, auch wenn es schwerfiel, den toten Körper wie einen alten Gegenstand, den keiner mehr benötigt und der bald vom Antiquar abgeholt wird, zurückzulassen. Es war tatsächlich ein Abschied für immer. Indem ich ging, akzeptierte ich die rätselhafte Verwandlung eines Menschen, der eben noch am Leben war, in eine Sache, die mit ihm, dem Lebenden, schon nichts mehr zu tun hat, auch wenn die geschärfte Physiognomie auf die Person verweist – oder über sie hinaus. Der Tod ist so unbegreiflich wie die Geburt, wenn da plötzlich ein kleiner Mensch ist, wo vorher keiner war. Wie soll man auch verstehen, dass Leben beginnt, dass Leben endet und wie das geht, dass Materie überhaupt so etwas wie Leben aus sich heraus hervorbringen kann, das dann wieder verschwindet – jedenfalls aus diesem einen, konkreten Leib. Das Leben, so kam es mir in diesem Moment vor, hängt nicht an einem bestimmten, individuellen Wesen, sondern ist eine Substanz, in die der Einzelne eintaucht wie in einen klaren See, dessen Wasser ihn durchströmt und das ihn trägt. Diese Substanz erhält sich nur, indem sie immer neue Lebewesen hervorbringt, und sie muss ihrerseits belebt werden, um Leben geben zu können. Das ist unsere Aufgabe: Wir geben dem Leben zurück und geben weiter, was es uns gab.

Ich trat hinaus auf den Parkplatz und hinein in einen kühlen, klaren Tag. Die Sonne schien vom blauen Himmel herab, die schneebedeckten Berggipfel leuchteten im Morgenlicht. Ich ging zurück ins Zentrum des Städtchens, am Hotel vorbei, überquerte die Hauptstraße, die sich stolz Broadway nannte, wo ich mir in einem rustikalen Café, das mit den selbstgebackenen Küchlein und handgestrickten Pullovern, die dort feilgeboten wurden, wirkte wie ein Alternativtreff im tiefsten Kreuzberg, einen Cappuccino holte und dazu ein Gebäck, das aussah wie ein Igel und das ich deshalb als eagle bezeichnete, als ich es bestellte. Aber natürlich verstand mich die resolute junge Frau hinterm Tresen nicht, und ich musste auf das Teilchen deuten, das für sie alles andere als ein Adler war. Unten am Uferweg, von dem Vater mir immer wieder geschrieben hatte, wie sehr er es liebe, dort mit dem Hund spazieren zu gehen, setzte ich mich mit Cappuccino und eagle auf eine der zahlreichen Bänke, an deren Rücklehnen in memoriam Namensschildchen von Verstorbenen des Ortes angebracht waren. In dem blanken, tief blauen Wasser spiegelten sich die Berge mit ihren Schneeflächen und weißen Mützen, und eine kleine weiße Wolke, die weit oben vorüberschwebte, sank, vom Wind nur leicht berührt, bis auf den steinigen Grund ins Blau hinab, und wie auf Bestellung schwamm weiter draußen ein Fischotter vorbei, der, auf dem Rücken liegend, mit seinem Kopf wie der Bug eines kleinen Schiffchens eine V-förmige Welle in die Oberfläche gravierte. Das entstehende Bild war von vollkommener Schönheit. An dieser Welt gab es nichts zu verbessern, nichts zu überbieten, das Zusammenspiel von Wasser und Gebirge war von einer über Jahrtausende hin erprobten Harmonie, die sich bloß noch staunend zur Kenntnis nehmen ließ. *Am kühlen Bache, wo ich der Wellen Spiel, / Am Strome, wo ich gleiten die Schiffe sah, / Dort bin ich bald; euch traute Berge, / Die mich behüteten einst, der Heimat // Verehrte sichre Grenzen, der Mutter Haus / Und liebender Geschwister Umarmungen / Begrüß' ich bald und ihr umschließt mich, / dass, wie in Banden, das Herz mir heile*. In einer Bucht am linken Seeufer, verborgen zwischen den Bäumen, vermutete ich das Haus meines Vaters, von wo aus er ungefähr diesen Blick gehabt hatte bei Tag für Tag wechselndem Programm im Wettertheater, und ich begriff, warum er sich daran nie stattgesehen hatte und dass dieser Blick ihm für sein Leben ausreichte, indem er darin aufging und Farben und Formen in sich aufnahm. Nichts mehr wollen, nur noch schauen. Demut einüben angesichts der Natur. Vielleicht war die Steuerberaterin jetzt gerade dort, um bei der Stiefmutter vorzusprechen und sie auf die Beerdigung vorzubereiten.

Die Steuerberaterin hatte so viel und so schnell geredet, wie auch die Malerin immer gesprochen hatte, der ich ins Wort fallen musste, wenn ich etwas erwidern wollte, doch auch dann sprach sie einfach weiter, so auch an jenem Tag am Telefon, an dem sie die ersten Kapitel meines Textes gelesen hatte und mir ihre zahlreichen Berichtigungen ankündigte, obwohl ja doch einzelne Abschnitte ganz passabel wären. Sie schrie auf mich ein, ich schrie zurück, wir brüllten uns gegenseitig an, und zwar gleichzeitig, das dauerte etwa zehn Minuten, bis sie ihren Anruf jäh mit der Bemerkung »Das war jetzt aber mal ein schönes Gespräch!« beendete. Vielleicht hätten wir häufiger solche schönen Gespräche führen müssen, um eine kathartische Wirkung zu erzielen, vielleicht wäre die Geschichte dann anders ausgegangen und sie hätte die Frage, was man im Leben eigentlich tut, wie man sich darin einrichtet und mit welchen Versionen der eigenen Geschichte man am Ende überlebt, weniger bedrohlich empfunden. Mein Vater hatte sich in seinem frühen Ruhestand eingerichtet und wie alle Ruheständler behauptet, dass von Ruhe keine Rede sein könne, dazu waren er und die Stiefmutter viel zu viel auf Reisen, dazu gab es immer viel zu viel zu tun. Eigentlich war ihr kanadisches Dasein ein einziger Reiseaufenthalt, sie hatten ihre neue Heimat aus einer Reise heraus gewählt und sich im Unterwegssein häuslich eingerichtet, wo man nichts tun muss, sondern bloß betrachtet, so dass das ferienhafte Fernegefühl ihnen durch die Jahrzehnte hindurch zum Alltag und zum Zuhause geworden war.

Und doch muss die Einsamkeit und auch die Beschäftigungslosigkeit meines Vaters groß gewesen sein, denn außer mit meiner Stiefmutter und mit der Steuerberaterin, die ebenfalls aus Deutschland eingewandert war, gab es nur wenig Austausch. Die Männer des Ortes in ihren Pickups und karierten Hemden lebten wohl kaum in derselben Welt wie er. Die kleine Dorfbibliothek und das Internet konnten ihm sicher nicht ersetzen, was er an Konzertsälen und Opernhäusern verloren hatte, also stürzte er sich in die Korrespondenzen mit Bundesbrüdern und verstreuten Familienangehörigen, die ihm, als er noch in ihrer Nähe lebte, nicht so wichtig gewesen waren und zu denen ja auch ich gehörte, denn auch wir hatten nicht viel miteinander zu tun gehabt, bis er damit begann, mir Mails zu schicken und sich mit seinen Erinnerungen in mich hineinzuschreiben. Das Aufgeschriebene ist das, was von einem Leben bleibt, selbst dann, wenn es nur flüchtige Zeichen sind, die auf dem Bildschirm erscheinen. Wer seine Memoiren schreibt, schreibt sie nicht nur für sich selbst, sondern für einen Adressaten, um sie zu hinterlegen und zu hinterlassen und eine wie auch immer vorgestellte Leserschaft zu finden. Deshalb litt auch der Dichter so sehr darunter, als er im letzten Jahrzehnt seines Lebens keinen Verlag mehr und kaum noch eine Öffentlichkeit fand, weil die Gedichtbände, die er im Selbstverlag herausbrachte, weder ernst- noch wahrgenommen wurden. Texte, die nicht gelesen werden, sind wie Botschaften, die niemand empfängt, wie Bilder, die niemand anschaut, wie Zeichen, die niemand deutet. Vielleicht hatte deshalb nach meinem Vater dann auch die Stiefmutter mir ihre Kindheitserinnerungen geschickt, weil ich als einer, der vom Schreiben und Lesen lebt, den Bereich der Schriftlichkeit repräsentierte und mich damit für sie als Adressat aufdrängte.

Wahrscheinlich hätte mein Vater all dem, was ich mir über ihn und sein Leben zusammenreimte, entschieden widersprochen, so wie auch die Malerin stellvertretend für den Dichter widersprochen hatte, allerdings ohne zu merken, dass die Entschiedenheit, aus der heraus sie besser über ihn Bescheid wusste als er selbst, ebenso fragwürdig war wie mein eigenes Vorgehen, aus ihrem Leben eine Geschichte zu formen, die mehr Roman als Biographie sein sollte. Mittlerweile kam mir das alles so dumm und so weit weg vor, dass ich von meinem Traumsegler nichts mehr wissen wollte und mir vornahm, die Blätter beiseitezulegen und mich nicht mehr darum zu scheren. Die Sache fing an, mir peinlich zu werden, und ich war fast schon froh darüber, dass das Buch nicht erscheinen würde.

Auf dem Uferweg rannten einzelne Jogger vorbei. Ältere Damen in raschelnden Daunenjacken, die ihre Hunde ausführten, grüßten mich freundlich, ebenso wie die rüstigen Herren, die mit Basecap und Sonnenbrille ausstaffiert waren und die Kniegelenke knacken ließen. Ich hatte meinen eagle verzehrt und den Kaffeebecher in einem der bärensicheren Mülleimer versenkt, als das Handy klingelte. A. wollte wissen, wie es mir ging, und meldete, dass ein Brief der Malerin eingetroffen sei, der auf der Rückseite den »An die Frau des Biographen« gerichteten Vermerk trüge: »Eilig! Bitte bei Abwesenheit sofort nachsenden!« Ich bat sie, den Umschlag zu öffnen und mir vorzulesen, konnte ihre Worte und den blauen See jedoch nicht zur Übereinstimmung bringen, so dass mir von ihren Sätzen nur das Wort »verstörend« blieb, was die Malerin mit ihrer Befürchtung verband, ich könnte die Biographie gegen das von ihr eingelegte Veto durchsetzen wollen und sie ohne ihre Kenntnis »durchdrücken« – das zweite Wort, das bei mir einrastete. Sie erwarte eine baldige Klarstellung, da sie mir bisher vertrauensvoll und mit großem Zeiteinsatz zugearbeitet habe.

Dass wir quitt seien, hatte sie schon in ihrem großen Veto-Postulat behauptet, denn nicht nur ich hätte zwei Jahre Arbeitszeit investiert, sondern auch sie, indem sie sich auf all unsere Treffen akribisch vorbereitet habe. Dass diese Rechnung nicht ganz aufging, hätte ihr schon deshalb einleuchten müssen, weil es dabei doch um ihr Leben und das des Dichters ging, die ich mir als Stoff in mühsamen Recherchen und Lektüren aneignete, wogegen sie lediglich erzählte und Fotos und Briefe heraussuchte, die sie aus der weißen Requisiten- oder Reliquienkiste hervorholte. Mir schien, dass es eine andere Art von Lebenszeit war, die dabei verging, denn für sie war das Durcharbeiten des Lebensmaterials doch in keinem Fall vergeblich, auch wenn sie das schriftliche Resultat am Ende missbilligte. Die Zauberin Kirke hätte auch nicht behaupten können, denselben Aufwand betrieben zu haben und denselben Zeitverlust beklagen zu können wie Odysseus und seine Gefährten, die sie auf ihrer Insel Aiaia festhielt, indem sie sie in Schweine verwandelte. Vielleicht versorgte sie deshalb Odysseus mit lauter guten Ratschlägen, als sie ihn ziehen ließ. Auch die Malerin hatte mich verzaubert und auf dem Südseeinseltraum des Dichters festgehalten, doch ich war im Unterschied zu Odysseus nicht listenreich genug, um schon nach einem Jahr abzureisen, denn ich hatte versäumt, ihr abzuhandeln, dass sie mir keine Bitte ausschlagen dürfe. Und sie hatte keine guten Ratschläge für mich übrig. Sie hatte einen Durchlauf durch den Parcours ihrer Erinnerungen genießen dürfen und einen braven Zuhörer dafür gefunden, ich dagegen hatte zwei Jahre Arbeitszeit verloren, die ich sinnvollerweise in ein anderes Projekt gesteckt hätte. Außerdem – so jedenfalls ihre allererste Ansage – sollte es ja gar nicht um sie, sondern ausschließlich um den Dichter gehen, doch diese

Bescheidenheit war, wie mir jetzt deutlich wurde, bereits Teil ihrer heimlichen Koketterie, gerade dadurch Aufmerksamkeit auf sich zu ziehen, indem sie sich schüchtern am Rand platzierte.

Vermutlich hatte sie in mir ein brauchbares Opfer ihrer Absichten gefunden, einen, der bereit war, ihrer Darstellung zu folgen und geübt darin, Bücher über das Leben anderer zu schreiben. Darin bestand ja mein Mangel, dass ich darüber nie hinausgekommen war. Ich war ja tatsächlich der Herr Biograph, als den sie mich schmähte, also einer, der im Verdacht steht, fremdes Leben aufzusaugen, weil er selber nichts zu bieten hat, ein Schmarotzer aus Mangel an Eigenheiten, ein Dokumentarist aus Mangel an Phantasie. Ich musste mich fragen, warum ich mir immer wieder Schriftsteller als Gegenstände der Auseinandersetzung gesucht hatte, anstatt von den eigenen Erfahrungen auszugehen. War auch das nur eine Bescheidenheitskoketterie? Unsicherheit? Flucht vor mir selbst? Und hatte das wiederum, wie A. vermutete, etwas mit dem abwesenden Vater in meinem Leben zu tun? Dann war es umso wichtiger, dass ich nun wenigstens bei Vaters Sterben dabei gewesen und dass er mir dabei so nahe gekommen war wie nie zuvor.

In der Begegnung mit ihm, dem Abwesenden, der ja auch in diesem Moment der Nähe auf unerreichbare Weise abwesend blieb und sich im Tod noch weiter und endgültig entfernte, würde ich zu mir selber finden können, dachte ich, nahm den Gedanken aber sofort wieder zurück, weil ich nichts dergleichen anstrebte und alles Selbstfindungsgerede mir immer schon stupide vorgekommen ist. Das Konzept der Selbstfindung krankt daran, dass es die Spaltung in ein Ich, das finden will, und ein Selbst, das gefunden werden soll, voraussetzt – oder wer findet da wen? Ich konnte das Ich noch nie feinsäuberlich vom Selbst unterscheiden und darauf als Operationsgrößen zurückgreifen. Das waren bloß Arbeitsbegriffe, Kasperlepuppen, die die innere Bühne bevölkern und dazu dienen, dem Nichtgewussten eine Gestalt zu geben. Dass das Ich keine feste Figur ist, wusste ich nicht zuletzt von A., die mich durch ihre philosophischen Arbeiten und in vielen Gesprächen ein wenig mit den Grundlagen der Phänomenologie vertraut gemacht hat. Auch unsere Liebe verstehen wir nicht als Beziehung zwischen Ich und Du, sondern als einen gemeinsamen Raum, den wir als Wir bewohnen.

Schon bei der Sprache, ohne die der Mensch nicht Mensch wäre, lässt sich schwer sagen, inwieweit sie dem Einzelnen als dessen eigene Ausdrucksfähigkeit angehört und inwieweit sie bloß geborgt ist als etwas immer schon Vorhandenes, als Medium, in dem wir uns bewegen und unsere Kontur gewinnen. Gehört die Stimme zum eigenen Leib oder ist sie als Klang etwas Äußerliches? Ist sie innen oder außen, und welchen Sinn macht diese Unterscheidung überhaupt? Wenn wir irgendwo Ich sind, dann da, als sprechende Wesen, aber dieses Ich ist eben kein geschlossenes und schon gar kein unteilbares Individuum, sondern eine weltoffene Ankunftsstelle, veränderlich in jeder Begegnung und zugleich Welt prägend in der eigenen Wahrnehmung. Nichts steht fest, alles ist in Bewegung in diesen intensiven Momenten des Vernehmens, die A. Seinsberührung nennt. Diese Momente stellen sich zunächst im Schreiben ein, wenn die Worte sich selbst entdecken, und so ist es durchaus folgerichtig oder vielmehr der Grund unserer Liebe gewesen, dass wir uns in den ersten Jahren unseres Zusammenseins, als sie schon in Tübingen, ich noch in Berlin lebte, vor allem schriftlich begegneten und uns in unseren

Mails tatsächlich einen eigenen Sprachraum einrichteten. Aber dann reicht das Sprechen oder das Schreiben alleine eben nicht mehr aus, dann geht es um etwas anderes, um Anwesenheit, um Nähe, um einen Distrikt, den die Sprache nicht berührt, sondern nur annäherungsweise erahnen kann, dann ist klar, dass jedes Sprechen dieses Sein notwendig verpasst, was gerade in der Liebe spürbar wird, die immer, in jedem momenthaften Erreichen des Absoluten, auch ein Verfehlen spürbar werden lässt, und es ist dieser Spalt, in dem sich das Leben, das Schreiben und das Lieben ereignen, bis dann der Tod auch da Erlösung schafft.

Was zwischen mir und der Malerin geschehen war, musste schon deshalb missraten, weil dabei nur ich schrieb – sieht man von ihren fragenden, bohrenden, erwartungsvollen Briefen ab – und es dabei ausschließlich um sie und den Dichter ging. Ich war Autor, aber jenseits dieser Funktion abwesend. Sie war Objekt der Darstellung, wollte aber selber Subjekt sein. Es gab kein Gemeinsames, das sich frei hätte entwickeln können, sondern nur meine Version der Geschichte, die sie vergeblich mit ihrer eigenen zu überschreiben versuchte. Ich hatte während der Arbeit deutlich gespürt, wie es mich aus dieser Schieflage heraus in die Fiktion hineintrieb, wie ich mich lösen wollte von den Tatsachen, um zu einer tieferen Wahrheit vorzustoßen. Doch dann wären Dichter und Malerin nur noch Spielmaterial gewesen, und ich wurde immer wieder zurückgeworfen auf die Fakten, was die Malerin dann aber auch nicht mehr befriedigte. So war der Schiffbruch vorprogrammiert, vom ersten Tag und dem ersten Treffen an, am Ende hatte ich nur eine Halbheit zustande gebracht, weder Biographie noch Roman, und so wäre es nur gut, dieses Zwitterwesen jetzt endgültig in einer Schublade zu versenken oder daraus etwas ganz anderes zu machen, etwas, bei dem auch ich selber auf dem Spiel stehen müsste.

Bis zur Beerdigung, die erst am Donnerstag stattfinden könne, wie die Steuerberaterin mitteilte, weil die Urne mit der Asche meines Vaters erst dann geliefert werde, hatte ich auf einmal sehr viel Zeit, die ich vor allem damit verbrachte zu schlafen, zu essen und spazieren zu gehen, aber das war außerhalb des Ortes gar nicht so einfach, weil es nur wenige Wege gab, oder ich fand nicht die richtigen. Das für Wanderer, Camper und Mountainbiker präparierte Gebiet zwischen Fernstraße und See gefiel mir nicht, dort musste es einen kleinen Waldbrand gegeben haben, denn die abgeholzten Stämme, die wie Mikadostäbchen durcheinander lagen, waren schwarz angekohlt, und auf den matschigen Pfaden fand ich die Abdrücke von Bärentatzen und Bärenkot, so dass ich nie sicher war, was mich hinter der nächsten Biegung erwartete. Die Bären schienen ihrerseits auch lieber die Pfade zu benutzen, als sich durchs Unterholz zu schlagen. Angenehmer war es, durch das Örtchen zu schlendern, den sogenannten Broadway hinauf und hinunter, am Supermarkt und verschiedenen Banken und einem Burger-Restaurant vorbei, es gab sogar einen Buchladen, Karl's Pizza, die ein Karl aus Bayern betrieb, und einen General Store, in dem man Kettensägen, Schrauben und Plastikeimer, aber auch Fleecejacken, T-Shirts mit Ahornblattaufdruck und verspiegelte Sonnenbrillen erwerben konnte und wo ich mir rot-weiß gemusterte kanadische Socken kaufte, ein Paar mit Bären- und eines mit Elchverzierung, die ich dann auch gleich trug, als ich im Hotelzimmer auf dem Bett lag und über die Elche hinweg auf ein Gemälde schaute, auf dem lauernde Wölfe im Schnee zu sehen waren, während sich an der Zimmerdecke gemächlich der Ventilator drehte. Ich machte ein Foto von meinen Sockenfüßen unter den Wölfen, um es an A. zu schicken.

Ich klappte das Notebook auf und öffnete Vaters Erinnerungen an der Stelle, an der er von der Flak in Stammheim, dem Reichsarbeitsdienst in der Nähe von Regensburg, den letzten Kriegsmonaten als Soldat bei Ulm und dem Kriegsgefangenenlager in der Normandie berichtete. Er war noch keine 16, als er eingezogen wurde, und noch keine 18, als der Krieg zu Ende ging. Keinem anderen Abschnitt in seinem Leben widmete er so viel Aufmerksamkeit wie dieser Zeit zwischen Sommer 1943 und Sommer 1945, da hatte er nichts vergessen, alles schien ihm berichtenswert, und noch mehr als ein halbes Jahrhundert später verfiel er in den großspurigen Jargon, der unter den Flakhelfern vorherrschend gewesen sein dürfte. Er hätte die Fliegerabwehrkanonen wohl noch immer im Schlaf bedienen und alle Einzelteile benennen können, beschrieb Lafettenkranz, Zündereinstellung, Schwenkmöglichkeiten sowie Funktion von Richt-, Funkmess- und Kommandogerät und rapportierte lustige Anekdoten wie die von der Baracke, an deren Tür er ein Schild mit der Aufschrift »Die Sorglosen« angebracht hatte. Das Gebäude wurde von einem Windstoß, der sich durch die offen stehende Tür darin verfing, zum Einsturz gebracht, indem der Wind das Dach anhob, so dass die Außenwände wegklappten und die Stockbetten im Freien, mitten auf dem Acker standen. Doch »mit Hilfe einiger Russen« sei man rasch wieder »Herr der Lage« geworden; »innerhalb von etwa einer Stunde stand unsere Bude wieder, und wir Bewohner konnten ans Reinigen gehen«.

Der Krieg war für ihn nicht die große Reise, als die viele deutsche Soldaten ihn erlebten, die hinterher ihre Fotos oder

Filme von sich inmitten einer Schar freundlicher Bewohner eines Bergdorfs auf dem Balkan zeigten oder von lachenden Kameraden, die mit entblößtem Oberkörper in einem russischen Fluss standen, um sich zu waschen. So hatte der deutsche Tourismus nicht erst in der Wirtschaftswunderzeit, sondern schon im Krieg begonnen. Für Vater war der Krieg ein Abenteuerurlaub in der Heimat, ein Ferienlager in der Nachbarschaft, zumal er die Strecke nach Stammheim zum Dienst und an den freien Wochenenden nach Hause mit dem Fahrrad über die weitgehend leere Autobahn zurücklegte. Ernster wurde es für ihn erst 1944, als die Luftangriffe auf Stuttgart zunahmen. »Schaurig schön« sei der Anblick der Leuchtkugeln, der Flugzeuge, der explodierenden Granaten, der heulenden Bomben, der brennenden Häuser unten in der Stadt gewesen, wie er mit in diesem Zusammenhang häufig benutzten Wörtern beteuerte. Auch wenn die Geschütze gegen die feindlichen Flieger wenig ausrichteten, rackerte die Batterie sich vorbildlich ab, um alle drei Sekunden in den Himmel zu feuern, bis nach 211 Salven – auch das wusste mein Vater noch – die Rohre zwar glühten, aber immer noch funktionierten, jedenfalls solange »unser Russe« vom Geschützführer mit Tritten in den Hintern zu schnellerem Laden bewegt werden konnte. Völlig ungebrochen gab Vater derlei Szenen wieder, immer noch stolz darauf, bei der Grundausbildung mit 57 von 60 Ringen der beste Schütze des Bataillons gewesen zu sein, der sich aber zugleich in Schwejkscher Verweigerungshaltung gefiel, wenn er beim großen Stuben- und Revierreinigen zwar eine Dienstschürze trug und den Papierkorb in seinen Schurz leerte, dann aber auf diese Weise unbehelligt herumspazierte und den anderen beim Putzen zusah.

Ängste und Zweifel kamen in seinen Erinnerungen nicht

vor. Er sei sich immer sicher gewesen, den Krieg unverletzt zu überstehen, und so sei es dann ja auch gekommen, sein Gefühl habe ihn nicht getrogen. Mag sein, dass die Sicherheit, die man verspürt, tatsächlich ein Schutz ist. Jedenfalls glauben das die, die überlebt haben, und erkennen darin womöglich sogar einen Hinweis auf die eigene Auserwähltheit. Den Toten, die vielleicht dieselbe Gewissheit in sich trugen, hat ihr Gefühl dagegen nichts genutzt, denn ob ein Schuss den eigenen Kopf trifft oder den des Nebenmannes, kann kein Gefühl vorhersehen. Der Beschuss der Flak-Geschütze durch Tiefflieger entlockte meinem Vater allenfalls ein Staunen, wenn er sah, wie die lange Reihe der Brandbomben über den Acker genau auf die eigene Stellung und also auch auf ihn zulief, dann aber aufhörte, bevor die Explosionen ihn erreichten. Dass es ihn hätte treffen können, schien er auch mit dem Abstand von sechzig Jahren noch nicht für möglich gehalten zu haben. Er schrieb über sich wie über die Figur in einem Filmdrehbuch, die ersten Leichen im Straßengraben bei Ulm; das Chaos des Zusammenbruchs, als die letzten Häuflein sich auflösten und er auf dem Weg nach Hause nur die Feldgendarmen fürchtete, die auch jetzt noch jeden, der sich von der Truppe entfernte, als Deserteur hängten; der amerikanische Jeep, der über die Wiese fuhr und aus dem heraus ein GI ihn mit vorgehaltener Pistole gefangen nahm und ihn, weil mein Vater nichts als seinen HJ-Ausweis bei sich trug, wo er in einem schwarzen Uniformhemd abgebildet war, für einen SS-Mann hielt; dann der Hunger, der Durst, das Elend im Gefangenenlager in der Normandie und das Glück der frühzeitigen Entlassung, weil er noch keine achtzehn war und deshalb als Minderjähriger nach Hause geschickt wurde; das Glück, das es bedeutete, als die Entlassenen in einem offenen Güterwagen aus Frankreich nach Deutschland zurückkehrten und ihnen von einer Brücke herab frische Äpfel zugeworfen wurden, wie dann aber einer der Kameraden, der hoch oben auf einem Querbalken saß, von einem Apfel mitten im Gesicht getroffen wurde, rückwärts auf den Boden knallte und starb. Sein letzter Kriegstoter war der sinnloseste, denn vermutlich hatte auch dieser junge Mann ein gutes Gefühl gehabt und den Krieg ja auch schon überstanden, als er durch einen Apfeltreffer ums Leben kam.

Mir kam diese schreckliche Geschichte bekannt vor, als hätte ich sie schon woanders gelesen, aber ich konnte mich nicht erinnern, wo das gewesen war, und mir auch nicht vorstellen, dass mein Vater gewissermaßen romanhaft gearbeitet, zugespitzt oder Szenen aus Büchern übernommen haben könnte. Dafür schrieb er zu redlich an seinen Erinnerungen entlang als einer, der Zeugnis ablegen will und sich allenfalls ein wenig unerschrockener und mutiger macht, als er ist. Doch wer tut das nicht. Wer sich schriftlich äußert, stilisiert sich auch, das ist unvermeidlich, ganz egal, wie selbstkritisch man dabei agiert, weil dann auch Selbstkritik zur Pose wird, ob man will oder nicht. Ein Ich, das sich in die Figur eines Textes verwandelt, ist bereits etwas Anderes, Interessanteres geworden. Vermutlich war Vater in Wahrheit ein eher ängstlicher Mensch, der deshalb so weit weggehen und die Heimat verlassen musste, um den Dämonen seines Daseins zu entkommen, was ihm aber nicht ganz gelungen ist, denn warum hätte er sonst Schlafmittel und Gemütsaufheller in Anspruch nehmen müssen.

Auch der Dichter hatte unter depressiven Stimmungen gelitten, von denen er in seinen Briefen immer wieder sprach, und schon deshalb quartalsweise den Alkohol benötigt, bis er nicht mehr trinken durfte, weshalb er in den letzten zwölf Jahren seines Lebens diese Zustände noch schärfer wahrgenommen haben dürfte. Sie als Depression zu bezeichnen, missfiel der Malerin, die ihm stattdessen leise melancholische Züge und eine tiefe Nachdenklichkeit verlieh. Tatsächlich aber vollzog sich sogar sein Sterben aus einem depressiven Schub heraus, der Albtraum vom bleiernen Schiff, die Reglosigkeit, das Vor-sich-hin-Starren, das alles sprach eine deutliche Sprache, so dass ihm, wie mir schien, aus einer Daseinsmüdigkeit und Todestraurigkeit heraus das Herz stehen geblieben ist. Der Tod kommt nicht immer als bleicher, ungerufener Gast zur Unzeit, sondern auch aus eigenem Entschluss. Es gibt einen Moment der Freiheit und der Wahl im Sterben, sonst hätte mein Vater nicht auf mein Eintreffen gewartet und dafür die letzten Energiereserven mobilisiert. Erst in meiner Gegenwart lösten sich die Spannungen, die ihn festgehalten hatten, und er fand die nötige Gelassenheit, um zu gehen. Ohne eine Vorahnung hätte auch seine ihm sehr verbundene Cousine, die im Gegensatz zu ihm bis ins hohe Alter in der Heimat geblieben war, nicht aus einem vagen Unwohlsein heraus seinen Nachfolger in der Praxis im Elternhaus aufgesucht, um dort, noch bevor sie aufgerufen wurde, im Wartezimmer umzukippen und zu sterben, so dass sie nur wenige Minuten später tot aufgefunden wurde. *Froh kehret der Schiffer heim an den stillen Strom / Von Inseln fernher, wenn er geerntet hat; / So käm' auch ich zur Heimat, hätt' ich / Güter so viele, wie Leid, geerntet.*

Am Tag der Beerdigung klingelte ich um zehn Uhr an der Haustür. Die Steuerberaterin öffnete, hinter ihr hechelte das Hündchen und schaute mich missbilligend an. Das Haus meines Vaters lag ein gutes Stück außerhalb der Ortschaft.

Vom Highway führte ein Schotterweg in mehreren Serpentinen durch den schütteren Wald herab, so dass man sich dem Holzhaus am See von oben her näherte und es zuerst durch Bäume hindurch erblickte. Nach einer weiteren, scharfen Linkskurve fuhr ich knirschend auf den Vorplatz, wo linkerhand unter einem hohen Dach das alte Wohnmobil abgestellt und daneben in einem geräumigen Schuppen allerlei Krimskrams untergebracht war. Ein kleiner japanischer Garten schmiegte sich an den Hang, wo der mir schon bekannte hölzerne Bär Wache hielt und eine Pergola zum Durchschreiten einlud. Etwas weiter unten erkannte ich das ebenfalls japanisch anmutende Dach des Pavillons, der im Winter, dick beschneit und mit Lichterketten geschmückt, eines der bevorzugten Fotomotive meines Vaters gewesen war. Ich parkte unter einem Vorbau direkt vor der Haustür, auf der ein Beware-of-Dog-Schild angebracht war. Daneben prangte ein in Blau gehaltenes Württembergisches Wappen, der aufrecht stehende gekrönte Löwe und der Hirsch, die in ihrer Mitte ein Schild und eine Krone festhalten und mit den Hinterbeinen auf einer Banderole mit der Aufschrift »furchtlos und treu« stehen, eine Parole, die sich auch der Fußballverein der schwäbischen Landeshauptstadt zu eigen gemacht hat. Der Nachname meines Vaters, den auch die Stiefmutter angenommen hat, war bogenförmig in weißen Großbuchstaben auf einem aus Eiche gefertigten Wappen montiert, das als einzige Verzierung einen kleinen weißen Punkt in der Mitte trug, der mich an das Bindi auf der Stirn indischer Frauen erinnerte. Es befremdete mich, den Namen, der auch mein eigener Name ist, hier zu lesen, fast war es so, als käme ich nach Hause, und war doch nie da. Tatsächlich hatte mein Vater noch vor etwa einem Jahr die Frage über den Atlantik gemailt, ob ich mir vorstellen könne, nach seinem Tod und dem seiner Frau das Haus zu übernehmen, also wie er nach Kanada zu übersiedeln und sein Leben weiterzuführen, seine Platten zu hören und seine Bücher zu lesen. So schauerlich diese Vorstellung für mich war, rührte mich sein Wunsch, den ich dann aber doch mit eher harschen Worten zurückwies: »Was soll ich denn da?«

Die Steuerberaterin führte mich durch den Flur – das Arbeitszimmer meiner Stiefmutter ließen wir rechts liegen – und durch eine offene Küche ins Esszimmer, wo auf dem Tisch – ich erkannte ihn sofort, es war derselbe Tisch, an dem wir im Elternhaus gegessen hatten – die Urne stand. Es handelte sich um eine runde Box, in der sich statt der Asche auch eine Whiskyflasche hätte befinden können, der hellblaue Grundton mit dem aufgedruckten Schneegebirge ließ mich an die Marke Talisker Storm denken, die wahre Bestimmung des Gefäßes ließ sich kaum erahnen. Die Steuerberaterin hatte eine biologisch abbaubare, vermutlich aus einer kräftigen Pappe hergestellte Öko-Urne ausgesucht, die im Boden aufweicht, sich langsam zersetzt und so die Asche harmonisch ins Erdreich entlässt. So würde Vater Eingang ins All-Eine finden als Teilchen im Ganzen. Neben der Steuerberaterin stand deren Mann, der mit gesenktem Kopf ebenso nachdenklich auf die Box blickte wie sie und wie dann auch ich, nachdem ich ihnen die Hände geschüttelt und mich neben sie gestellt hatte. Das Hündchen hockte unterm Tisch und roch nach Hund. Die Stiefmutter ließ sich nicht blicken, sie sei oben in ihren Räumen, wo sie sich hingelegt habe, sagte die Steuerberaterin, sie wolle mit der Bestattungsprozedur nichts zu tun haben und sei einstweilen nicht ansprechbar.

Ich hätte gerne in die Urne geschaut, nur um zu wissen, ob

auch wirklich Asche drin war, aber selbst dann hätte ich nicht gewusst, ob es tatsächlich die Asche meines Vaters war. Es hätte ja irgendwelche Asche sein können, welchen Unterschied machte das schon, und wer weiß, ob es die Leute im Krematorium kümmert, da die sogenannten sterblichen Überreste sich beim besten Willen nicht mehr einem bestimmten Menschen zuordnen lassen, und warum heißt es überhaupt so, sterblich sind die Überreste ja nun gerade nicht, Sterblichkeit ist doch das Privileg der Lebenden. Schon an der Sprache lässt sich ablesen, wie verkrampft, wie verquer das Verhältnis zum Tod ist, doch ich verscheuchte all diese unseligen Gedanken gleich wieder und schaute mich im Haus um. Es war verblüffend. Vater hatte die Schrankwand aus der Heimat mitgebracht, die ihm der Schreiner unter seinen Patienten getischlert hatte. In ihr waren damals nicht nur Bücher und die Hausbar, sondern auch das Aquarium untergebracht, das wir ein paar Jahre lang unterhielten, aber immer wieder sprangen Fische heraus und pappten dann auf dem Fußboden fest. Ich weiß nicht mehr, ob sich mein Vater oder meine Mutter darum kümmerte, doch ich saß nachmittags gerne davor und folgte den Guppys, Silbermollys, Zebra- und Neonfischen mit den Augen.

Auch das mit hellbraunem Cord bezogene Sofa, der runde Couchtisch und die beiden klassischen Lounge-Sessel waren mir aus der Kindheit vertraut. Ich liebte es, mich hineinzusetzen, um mich möglichst schnell um die eigene Achse zu drehen, bis ich eine Ermahnung erhielt und damit aufhören musste. Für Vater war sein Sessel der Platz, an dem er nach dem Mittagessen hinter der Zeitung verschwand oder, am Abend, unter den Kopfhörern, wenn er mit geschlossenen Augen seine Platten hörte. Jetzt schien das Leder der beiden

Dinosaurier mir etwas faltiger geworden zu sein, doch ansonsten standen die Sessel da wie gehabt, auch in der Ferne kann alles beim Alten bleiben. Der Wandschmuck – Knüpfteppiche im Holzrahmen, ein großes Mandala, Blumenstickereien – und auch die auf einer Truhe kniende Bronzefigur eines asiatischen Kämpfers ging eindeutig auf den Einfluss der Stiefmutter zurück. Möglicherweise hatte sie den Tier-Teppich, auf dem Eisbär, Wildgans, Biber und andere Bewohner der kanadischen Wildnis abgebildet waren, selbst gefertigt. Der großzügige, nach oben bis unters Dach offene Wohnraum erhielt so seinen eigenen Charakter, womöglich hatte mein Vater das sogar gemocht. Eine Treppe mit einem Sitzaufzug führte ins dämmrige Reich der Stiefmutter hinauf, aus dem nichts zu hören war, und so fragte die Steuerberaterin, ob ich das Arbeitszimmer meines Vaters im Untergeschoss sehen wolle.

Eine steile Treppe, die für einen alten Mann ihre Tücken gehabt haben muss, führte in einen kargen Kellervorraum hinab, wo mein Vater ein Waschbecken für sich angebracht hatte, um nicht so oft nach oben zu müssen. Hier hatte er sich in einem knarzenden Korbstuhl niedergelassen, der früher im Haus im Schwarzwald stand. Hier wurde er nach dem Sturz mit der Wunde an der Schläfe gefunden. Wie lange er auf dem Boden gelegen, wie er sich aufgerappelt und in den Sessel bugsiert hatte, war unklar, doch ganz gewiss hatte ihm die Kraft gefehlt, nach oben zu gehen oder auch nur zu rufen, und so war es die Steuerberaterin gewesen, die ihn da entdeckte, weil die Stiefmutter schon lange nicht mehr in der Lage war, die Stufen, die zu ihm hinunterführten, zu bewältigen. An dieser Stelle muss es dann geschehen sein, dass ihn der Lebensmut verließ, dass er einfach keine Lust mehr hatte weiterzumachen und beschloss, sich dem drohenden Siechtum zu entziehen. Die Stärke, die er für diesen Entschluss benötigte, war also in ihm vorhanden; sie speist sich jedoch aus anderen Quellen als die reine Körperkraft. »Den Tod fürchte ich nicht«, hatte er in seinen Erinnerungen geschrieben, »ich halte ihn für die Erlösung von diesem Leib und seinem Leben, hin zum Frieden. Ich hoffe jedoch auf ein gnädiges Schicksal, damit das Sterben nicht schwer und qualvoll wird.«

Sein Arbeitszimmer machte einen spartanischen Eindruck und wirkte auf mich wie eine Mischung aus Hobbyraum und Studentenbude. Die Holzvertäfelung, die in Kellerbars der 70er Jahre beliebt gewesen ist, hatte er wohl selbst angebracht. Auch das Hängeregal mit Seitengittern, in die die Bretter eingehakt werden, stammte aus dieser Epoche. Es hing am Kopfende des Klappsofas, das seine Liegestatt gewesen ist, und enthielt vor allem Medikamente, CDs und eine Stereoanlage mit zwei Boxen, so dass er die Abende und Nächte, wenn er hier lag, in Musik gebettet verbrachte. Das war ihm wohl wichtiger als eine richtige Matratze oder ein halbwegs bequemes Lager. Kissen und Bettzeug erzählten ebenfalls von Entsagung, aber so hätte er das nie empfunden. Der übers Eck gebaute Schreibtisch mit offenen Schubfächern voller Papiere sah aus wie eine Hobelbank, zu schlicht, um aus dem Möbelhaus zu stammen, aber auch zu fein gearbeitet, als dass er selbst ihn geschreinert haben konnte.

Bildschirm, Rechner und Tastatur waren seine Verbindung zur Welt; hier saß er im Eck und schrieb seine Erinnerungen und all die Post an alte Freunde und an die Verwandtschaft, und wenn er aus dem Fenster in den Garten sah, flatterten draußen jede Menge Vögel vorbei, die das gut gefüllte Futterhäuschen aufsuchten und zu denen er ein vertrautes Verhältnis gehabt haben muss, denn immer wieder hatte er von ihnen berichtet und nach und nach die kanadischen Arten auswendig gelernt. Einmal schickte er mir das Foto eines der Northern Flickers, der wunderschönen kanadischen Goldspechte, die sich am Futterhäuschen in großer Zahl tummelten. Einer davon wurde von einer Pigmy Owl erlegt, dem bei Tag jagenden Sperlingskäuzchen, das auch solche Vögel tötet, die größer sind als es selbst. Er fotografierte die kleine Eule im Schnee, die sich in ihre Beute verkrallt und auch dann nicht losgelassen habe, als er sich mit dem Fotoapparat näherte. Überm Computer füllten zwei toskanische Landschaftsbilder die Zimmerecke, unverkennbar der verwaschene Stil des Schweizer Malers, für den oben im Wohnzimmer zwischen all den Wandteppichen kein Platz mehr geblieben war. Außerdem erinnerte er an die Lebensphase meines Vaters vor der Stiefmutter, mit der sie fremdelte, so dass die Aquarelle im Kellerexil ihren Platz gefunden hatten.

In der anderen Zimmerecke, rechts vom Fenster, stand der Schreibtisch aus meinem Jugendzimmer, der zu einer kompletten Einrichtung gehörte, deren übrigen Teile – Bett mit Hängeschranküberbau und Kleiderschrank – im Arbeitszimmer der Stiefmutter ihren Platz gefunden hätten, wie die Steuerberaterin versicherte. Dieses Zimmer hatte ich in den letzten zwei Jahren im Elternhaus bewohnt. Vater war mit mir nach Mutters Auszug ins Möbelhaus gegangen, um mich auszustatten; es sollte wohl auch für mich ein sichtbarer Neuanfang sein. Ich hatte mir mit gar nicht so schlechtem Geschmack, wie ich jetzt fand, helle Möbel mit moosgrün gebeizten Türen ausgesucht, die Matratze, auf der es mir zum ersten Mal gelungen war, die Brüste der Buchhändlerstochter zu streicheln, war grün und orange gemustert, und es gab, wie ich mich gut erinnerte, Nackenkissenrollen, die an Lederriemen überm Bett an der Wand hingen, was mir unglaublich schick und ausgesucht vorgekommen war. Ob die Stiefmutter auch diese Kissen übernommen hat, hätte ich gerne gewusst, doch einstweilen fand ich es erstaunlich genug, dass Vater den Schreibtisch weitergenutzt hatte, an dem ich notdürftig die Hausaufgaben erledigt, vor allem aber in unendlicher Fleißarbeit Fußballtabellen in Schulhefte geschrieben und fiktive Saisonverläufe der ersten, der zweiten und der dritten Liga bis in ferne Zukunft hinein entworfen und meinen Lieblingsverein auf diese Weise zum deutschen Rekordmeister gemacht hatte. Jetzt lagerten auch hier Tranquilizer aller Art: sehr viele CDs, ein Kopfhörer und mehrere Medikamentendöschen.

Dieses Zimmer war ganz offensichtlich ein Rückzugsort, und während oben Großzügigkeit und Bewegungsfreiheit vorherrschten, dominierte hier der Eindruck einer spärlichen Enge. Die Stiefmutter durfte sich aus der Wohnebene in ihr atelierhaft offenes Dachgeschoss erheben, sie schwebte mit dem Sitzlift nach oben, wogegen Vater hinabsteigen musste auf den Grund, um ihr das Haus zu überlassen, er war ihr zu Diensten, er war für sie da, er ließ ihr den Vortritt. Hier unten hatte er sich sein eigenes Reich eingerichtet, doch die Genügsamkeit, mit der er das tat, ließ ahnen, wie sehr er für sie lebte und sie liebte, auf seine Art, indem er nicht mehr für sich beanspruchte als seine Ruhe und einen Raum für die Musik, aus dem er hinausschauen konnte auf den kleinen Teich, den Pavillon, das Vogelhaus und über den See hinweg ins Gebirge. Mehr brauchte er nicht. Inmitten der Unermesslichkeit lebte er bescheiden, ganz klein im Großen, und so wie er lebte, ohne aufzutrumpfen, starb er auch. Diese Bescheidenheit, das Leise, Zurückgenommene, imponierten mir; wer so geworden ist, der kann dann auch in Ruhe abtreten. Ein guter Mensch ist, wer keinen Krach macht und keinen Dreck hinterlässt.

Mir schien diese meditative Selbstlosigkeit in Vaters Arbeitszimmer plötzlich als erstrebenswertes Ziel oder zumindest als eine brauchbare Grundhaltung, die den Leidenschaften, dem Begehren und Wollen zur Seite zu stellen wäre; es käme dabei bloß auf das richtige Mischungsverhältnis an. Das erfahre ich ja auch in meinem Tübinger Familienleben, wenn es darum geht, sich im Alltag bis zur Selbstverleugnung zurückzunehmen und zugleich bestimmend zu sein, auf Ansprüche zu verzichten und dabei klar und konturiert zu werden, denn was sollte liebbar sein, wenn nicht die klare Form, der Wunsch und das gemeinsame Ziel? A. und ich streiten uns immer wieder heftig über diese Fragen, weil sie nicht zu lösen sind. Die totale Verschmelzungssehnsucht und Auflösungsbereitschaft, die in jedem Liebesakt steckt, trifft auf ein unlöschbares Bedürfnis nach Grenzziehung und Autonomie, ohne die zu lieben als Überwindung dieser Grenzen unmöglich wäre. Die Verschmelzung, wenn sie denn gelänge, würde ja auch die Liebe auslöschen, sie wäre eine Selbstauslöschung und die Auslöschung des Gegenüber, weshalb in der Liebe immer auch ein Todeswunsch steckt, den mein Vater wohl weniger im Verhältnis zu seiner Frau auslebte als im Blick auf die Natur, die allumfassende Einheit Hölderlins, in der auch er selbst in aller Bescheidenheit aufgehen konnte.

Über den benachbarten Keller, tatsächlich ein Hobbyraum voller Werkzeug, traten wir in den Garten hinaus. Es hatte zu schneien begonnen, der Wind trieb die Schneeflocken waagrecht über den See, am Haus wirbelten sie nach oben, so dass es, wenn man ins Gestöber blickte, den Eindruck machte, Haus und Garten würden wie ein Aufzug in die Tiefe sinken. Der Mann der Steuerberaterin hatte einen Spaten mitgebracht, und nachdem wir die Stelle zu Füßen des kleinen Rosenbuschs festgelegt hatten, begann ich zu graben. Das Loch musste nicht groß, aber tief genug sein, um die Öko-Urne aufzunehmen und mit genügend Erde zu überdecken. Der Boden war etwas steinig, bot ansonsten aber wenig Widerstand, auch wenn es erst April und noch lange nicht Juli war, wie in dem Gedicht von Gottfried Benn, für den es der schlimmste aller Gedanken gewesen ist, nicht im Sommer zu sterben, »wenn alles hell ist und die Erde für Spaten leicht«. Die Schneeflocken tauten, sobald sie den Boden berührten. Wie bescheiden, wie dürftig, wie menschenfern war dieses Begräbnis. Ich grub, die Steuerberaterin und ihr Mann und das hinter uns her geeilte Hündchen sahen mir zu wie Arbeiter auf einer Baustelle, wo auch immer nur einer schaufelt und die anderen zusehen. Im Haus wussten wir die Stiefmutter in ihrer Abwesenheit, ihrer Trauer, ihrer Ratlosigkeit, während das Häufchen Erde größer wurde und die Vögel in ihrer Winterirritation umherflatterten auf dem Weg zum Futterhäuschen.

Die Beerdigung des Dichters hatte die Malerin mir als kulturelles Großereignis geschildert, und so hatte ich es dann auch getreulich aufgeschrieben. Eine imposante Trauergemeinschaft sollte ich vorstellbar machen, weit über hundert Menschen, wie sie am Rand des Manuskripts notierte, weil meine Darstellung das nicht deutlich genug gemacht hatte. Vor allem die Schriftstellerkollegen aus Ost und West waren gekommen oder hatten zumindest die Traueranzeige unterschrieben, und in der Kirche, deren Gewölbe mit großen Segeltüchern abgehängt war, lauschten sie seiner Stimme vom Band, der Dichter als Dichter, der Gedichte las und auf Interviewfragen antwortete. Dazwischen erklangen jiddische Lieder und portugiesischer Fado, Musik, wie er sie geliebt hatte, und dann zog die Menge hinter dem Sarg her über die Straßenkreuzung, die abgesperrt werden musste wie für ein Staatsbegräbnis, so hatte die Malerin es erlebt, und aus der Länge des Trauerzuges ließ sich die Bedeutung des Toten ermessen. Mein Vater hatte derlei Bedürftigkeiten schon lange hinter sich gelassen. Ihm war es genug, dass ich gekommen war, der für ihn ein wenn auch befristetes Nachleben repräsentierte, und dass ich nun den Spaten in der Hand hielt, um das Loch für die Urne zu graben. Nach Ruhm und Bedeutung hatte er nie gestrebt, er verlangte noch nicht einmal die Anwesenheit seiner Frau, die er von all dem entbunden und entlassen hatte, um sie mit seinem Tod nicht zu belasten. Wie viel Fürsorge, wie viel Zärtlichkeit steckte in dieser Geste.

Das Loch im Boden war bald tief genug, so dass ich die blaue Box darin versenkte, die für mich tatsächlich nur eine Box war, so wie die ganze Prozedur ein technischer Vorgang blieb. A. hatte beim letzten Telefonat die Idee gehabt, ich solle zur Beisetzung ein Hölderlin-Gedicht lesen, hatte dann auch gleich Hölderlin aus unserem Tübinger Bücherregal gezogen und die Verse zitiert, die wie keine anderen zu meinem Vater passten: *Nämlich zu Haus ist der Geist / Nicht im Anfang, nicht an der Quell. Ihn zehret die Heimat. / Kolonien liebt, und tapfer Vergessen der Geist.* Ich bat sie, »Andenken« zu lesen, von dem ich wusste, dass es meinem Vater eines der liebsten Gedichte gewesen ist, und uns war klar, dass dieses und kein anderes an seinem Grab vorgetragen werden müsste. Ich hatte »Andenken« dann auch im Internet gefunden, es in der Orts-Bücherei ausgedruckt und der Steuerberaterin gegeben, damit die Hymne erklänge während ich noch grub, doch ich hörte sie mit der Stimme von A., so wie sie die Worte betont hatte, mit ihren Pausen und ihrem Atem, der durchs Telefon hindurch in mich hineingefunden hatte, um mich zu trösten und mit ihrer Anwesenheit zu füllen. *Der Nordost wehet / Der liebste unter den Winden / Mir, weil er feurigen Geist / Und gute Fahrt verheißet den Schiffern*, so hob sie, so hob Hölderlin an, und auch wenn er die schöne Garonne und die Gärten von Bordeaux besang, Eichen, Silberpappeln und Ulmwald, schienen seine Verse sich wundersam in die hiesige Landschaft einzufügen, die breiten Gipfel *neigeten* sich, und mitten im plötzlich zurückgekehrten Winter erhob sich eine milde Brise und ließ, *von goldenen Träumen schwer* das Licht des Südens erahnen. *Es reiche aber, / Des dunklen Lichtes voll, / Mir einer den duftenden Becher, / Damit ich ruhen möge; denn süß / Wär' unter Schatten der Schlummer. / Nicht ist es gut, / Seellos von sterblichen / Gedanken zu seyn. Doch gut / Ist ein Gespräch und zu sagen / Des Herzens Meinung, zu hören viel / Von Tagen der Lieb', / Und Taten, welche geschehen.*

Ich füllte das Loch, das Grab zu nennen mir nicht in den Sinn kam, mit Erde wieder auf als die Frage erklang: *Wo aber sind die Freunde? Bellarmin / Mit den Gefährten? Mancher / Trägt Scheue, an die Quelle zu gehen; / Es beginnet nämlich der Reichtum / Im Meere*. Ich trat die Erde ringsum fest, als hätte ich einen Strauch eingepflanzt, der sich gut verwurzeln sollte, und setzte feinsäuberlich die Grasnarbe als Deckel oben drauf. Unter ökologischen Gesichtspunkten war das Prozedere astrein, und es entsprach zudem der hölderlinschen Sehnsucht nach Einkehr. Inzwischen waren wir bei den berühmten Schlusszeilen angekommen, bei denen auch A. ihre Stimme erhoben hatte: *Es nehmet aber / Und gibt Gedächtnis die See, / Und die Lieb auch heftet fleißig die Augen, / Was bleibet aber, stiften die Dichter.*

Ich reichte den Spaten dem Mann der Steuerberaterin, der ihn wortlos entgegennahm, ging zurück ins Haus, die Treppe hinauf ins Wohnzimmer, das still lag, ganz verlassen, und trat vor das Bücherregal, wo die von Friedrich Beißner herausgegebene Hölderlin-Ausgabe einen zentralen Platz einnahm. Ich streifte mit den Fingern an den Buchrücken entlang und erinnerte mich, dass er mir diese Bände in einer Mail als Erbstück versprochen hatte, ich sollte sie für ihn in Ehren halten. Daneben hatte er eine Werkausgabe von Adalbert Stifter eingeordnet, und weil in *Waldgang* ein Lesezeichen steckte, zog ich den Band heraus und fand auf der gekennzeichneten Seite eine angestrichene Stelle: *Jedes Ungeheure und Außerordentliche*, las ich da, *welches sich in der Zukunft des Wanderers vorgespiegelt hatte, war nicht eingetreten, jedes Gewöhnliche, was er von seiner Seele und seinem Leben fernhalten wollte, war gekommen – was er sonst anstrebte, erreichte er nicht, oder er erreichte es anders, als er gewollt hatte, oder er wollte es nicht mehr erreichen; denn die Dinge kehrten sich um, und was sich als groß gezeigt hatte, stand als Kleines am Wege, und das Unbeachtete schwoll an und entdeckte sich als Schwerpunkt der Dinge, um den sie sich bewegen.*

Die Stiefmutter, die meinen Namen rief, riss mich aus den Gedanken. Sie stand am oberen Ende der Treppe, hielt sich am Geländer fest und blickte zu mir herab. »Ich habe etwas für dich«, sagte sie, »komm einmal.« Ich ging ihr Stufe für Stufe entgegen, klein war sie geworden, aber kein bisschen hinfällig, ihr Lächeln und die Art, wie sie da stand, waren mir sofort sympathisch, so dass ich aus der Bewegung heraus ihr nicht nur die Hand reichte, sondern sie umarmte und französisch rechts und links in die Luft küsste. Sie hatte etwas Unkonventionelles, Ungekünsteltes, Direktes, was mir gut gefiel. »Hast du es also doch noch nach Kanada geschafft«, bemerkte sie und fügte hinzu: »Das nächste Mal musst du aber nicht extra anreisen.« Die Art, wie sie dazu abgründig lachte, machte klar, dass sie damit ihren eigenen Tod meinte, so dass ich nicht wusste, was ich darauf antworten sollte, doch sie erwartete gar keine Antwort, denn sie hielt Vaters Armbanduhr in der Hand und fragte, ob ich sie haben wolle. Es war nicht die Konfirmationsuhr seines Bruders, die war längst kaputt oder verloren gegangen, sondern eine ganz einfache Quarzuhr mit einem feinen Sprung im Glas. Ich legte sie mir sogleich um und schloss die Schnalle. Das Armband passte perfekt, im letzten Loch, das, wie deutlich zu sehen war, auch mein Vater benutzt hatte. Er hatte also dieselben schmalen Handgelenke wie ich gehabt, das war mir neu, ich hätte ihn für schwerer und knochiger gehalten, aber einmal mehr wurde mir klar, wie wenig ich von ihm wusste und wie ähnlich ich ihm war. »Ich habe noch etwas für dich«, sagte die Stiefmutter und überreichte mir einen kupfern schimmernden Ring. »Der ist von seinem Bruder«, erklärte sie und zeigte auf die Initialen. »Dein Vater hat ihn nie getragen, aber er hat ihn sorgfältig aufbewahrt.« Ich steckte den Ring an den Finger, er saß fest, als ob er für mich gemacht worden wäre. Und während ich mich noch bei der Stiefmutter bedanken wollte, drehte sie sich um und verschwand in ihrem Zimmer, als ob es mich und diesen Augenblick nicht gegeben hätte oder sie selber überwältigt wäre von dessen Wucht, die sie erst einmal verdauen musste.

Kurz darauf, inzwischen waren auch die Steuerberaterin

und ihr Mann ins Wohnzimmer gekommen, zeigte sie sich dann aber doch, surrte mit dem Treppenlift herunter und dirigierte mich in den Sessel, der der Sessel meines Vaters gewesen war. Sie selbst nahm zusammen mit dem Hündchen, das ihre Hände leckte, auf dem Sofa Platz, der Steuerberaterin überließ sie den zweiten Sessel, deren Mann blieb am Bücherregal stehen. Aus der Küche kam eine schwarzhäutige Haushälterin, ein junges, zartes Mädchen, das lustigerweise Schwyzerdütsch sprach, weil sie einige Jahre in Zürich verbracht und dort die Sprache gelernt hatte. Die Steuerberaterin hatte sie im Ort ausfindig gemacht und engagiert, sie war ein Segen, der gute Geist des Hauses, so hieß es, und wenn man sah, wie freundlich und fürsorglich sie agierte, konnte es daran auch keinen Zweifel geben. Sie brachte Getränke und ein paar Nüsse, wir stießen an, und die Stiefmutter sagte: »Nach Kanada zu gehen, war die beste Idee, die wir je hatten.« Sie sagte es immer wieder, als müsse sie verborgene Zweifel dementieren, aber da ich keinerlei Zweifel in dieser Richtung geäußert hatte, konnten es eigentlich nur ihre eigenen Zweifel sein oder die meines Vaters, die stumm im Raum standen. Doch auch er hätte ihren Satz mit Überzeugung gesprochen und damit das sicherlich vorhandene Heimweh übertönt. Es war der Satz, der ihre Gemeinschaft begründete und der deshalb auch jetzt, im Abschied, in der Trauer, zum Ereignis werden musste, Kanada, die beste Idee, jemals. Auch wenn das stimmte – und wie könnte ich daran zweifeln – enthielt der Satz eine Menge an Unausgesprochenem, gegen das er sich aufbäumte, denn die Herkunft und all das, was man verlassen muss, um wegzugehen, sind Gewichte, die sich nicht so leicht abschütteln lassen. Das wusste ich nicht zuletzt von A., die auch immer so eine Heimatsehnsucht mit sich herumträgt, etwas, das dorthin zieht, wo man herkommt. Es war noch gar nicht so lange her, dass mein Vater im Familiengrab in der Heimat begraben werden wollte, bei Vater, Mutter und Tante, so hatte er es mir angedeutet, bis er diesen Wunsch dann eines Tages zurückzog zugunsten des Rosenstocks vor seinem Fenster, was nicht nur der praktischere, sondern der sehr viel schönere Platz war, auch wenn er auf die schwäbische Muttererde und das metaphysische Vaterland verzichten musste. »Kanada war unsere beste Idee«, sagte die Stiefmutter noch einmal, als die Steuerberaterin bereits zum Aufbruch drängte und auch das Hausmädchen klarmachte, dass die Zeit gekommen sei, in der die Stiefmutter ihre Mittagssuppe zu sich zu nehmen und anschließend zu ruhen pflegte. Vor dem Haus, bevor ich in den schwarzen Golf stieg, der von einer dünnen Schicht pappigen Schnees bedeckt war, überreichte die Steuerberaterin mir einen großformatigen Umschlag. Er enthalte die Urkunde, die den Tod meines Vaters bescheinige, ich solle ihn gut verwahren, und außerdem eine Kopie des Testaments, wie es beim Notar hinterlegt sei und das ich mir in Ruhe anschauen solle, falls ich Fragen hätte, könne ich sie jederzeit anrufen, und schon brauste sie davon. Ich fuhr vorsichtig hinterher, über den Vorplatz und über den Serpentinenweg hinauf zur Straße, nur das Hündchen schaute mir nach.

Im Hotelzimmer legte ich mich aufs Bett und starrte auf das Bild mit den Wölfen, die sich in den Schnee duckten und zurückstarrten. Die Todesurkunde war auf ein graues, grobes Papier gedruckt, auf dem die Buchstaben jetzt schon zu verblassen schienen. Das Testament, in einem komplizierten Amtsenglisch abgefasst, reihte Sätze aneinander, deren Sinn sich mir unentwegt entzog, sie waren so lang, dass ich den Anfang der Sätze schon vergessen hatte, bis ich an ihrem Ende angekommen war. Doch so viel begriff ich immerhin: Vater hatte die Stiefmutter zur Alleinerbin erklärt, ohne all das, worüber er in den letzten Jahrzehnten immer wieder aufs Neue nachgedacht hatte – wie nämlich auch ich, etwaige Enkel, die weitere Verwandtschaft mit Kindern und Kindeskindern in einem ausgetüftelten Verteilungsschlüssel zu berücksichtigen wären –, auch nur in einem Nebensatz zu erwähnen. Dabei war ihm die Weitergabe des Familienerbes doch so wichtig gewesen, dass er in seinen Mails hartnäckig darauf zu sprechen gekommen war, was ich dann stillschweigend auf sich beruhen ließ, weil das Gespräch über ein zu erwartendes Erbe, das er als »nicht unbeträchtlich« bezeichnet hatte, gegenüber dem ja noch Lebenden eine Peinlichkeit darstellt. Ich hatte auch seinen Vorschlag abgelehnt, als Testamentsvollstrecker zu agieren, weshalb nun die Steuerberaterin dieses Amt zusammen mit dem Notar ausübte, was mir nur recht sein konnte. Am Ende all seiner Überlegungen stand eine schlichte Antwort, in der all seine Sorgen versickerten. In seinem Verzicht auf alle Nachlassregelungen und auf die Weitergabe seines Vermögens sah ich einen letzten Bruch mit der Vergangenheit, den er vollziehen musste, um mit dem Leben abzuschließen. Und falls ich das nicht schon längst war, so würde damit auch ich endgültig frei von ihm sein.

Ich nahm meinen Block und einen Stift vom Nachttisch und schrieb der Malerin einen Brief. »Hiermit ziehe ich das Buch zurück«, fing ich an. »Ich lege mein Veto gegen meine Arbeit ein. Die Geschichte stimmt vorne und hinten nicht, ich bin Ihnen auf den Leim gegangen, habe die Abgründe zugeschüttet und die Liebe dadurch verflacht, habe die Kunst überschätzt und es nicht geschafft, in die Tiefen vorzudringen, aus denen heraus überhaupt etwas entsteht. Ich habe keine Antworten darauf gefunden, warum wir so sind, wie wir sind, und warum wir ausgerechnet diesen und keinen anderen Menschen lieben. ›Ein Zeichen sind wir, deutungslos / Schmerzlos sind wir und haben fast / Die Sprache in der Fremde verloren‹, heißt es bei Hölderlin, der wusste, dass die Erinnerung ein unzuverlässiger Zeuge ist. Ich habe nicht deutlich genug gemacht, dass man auch dann, wenn man Schimären hinterherläuft, ein glücklicher Mensch sein kann. Es ist mir ein Rätsel geblieben, was uns antreibt, was Leben ist und woraus es sich speist. Ich bin gänzlich ungeeignet, um die Biographie eines Dichters zu schreiben, der auch selbst keine Antwort auf all diese Fragen hatte und sich in der Wiederholung seiner Träume verlor. Er ist daran gestorben. Sie müssen es an ihm wiedergutmachen. Dafür wünsche ich Ihnen viel Glück. Am Ende war sein Schiff aus Blei. Meinem Traumsegler ist der Wind ausgegangen, er wird so wenig vom Stapel laufen wie das Boot Ihres Dichters, das er mit dem Zug über die Alpen und wieder zurück befördert hat. Eigentlich hätte das Manuskript Ihnen besser gefallen müssen als mir. Die Version, die ich aufgeschrieben habe, ist so vergoldet, dass Sie darin ebenso leuchten wie der Dichter in seiner heroischen Entschlossenheit. Ich sehe nicht die Häme, die Sie so stört. Ich erkenne sehr viel Bravheit und einen Mangel an Schmerz. Doch mit Ihrem Einspruch haben Sie mir die Augen geöffnet. Ich weiß, was es bedeutet, wenn der geliebte Mensch im Tod die eigene Nähe sucht, weil nur Liebe etwas gegen Vergänglichkeit auszurichten vermag. Ich habe verstanden, dass ich Ihrer Liebe nicht gerecht werden kann und wie vermessen es ist, darüber zu schreiben, ich ahne bloß, welche Kraft darin steckt. Ich werde ein anderes Buch schreiben müssen, eines, das mehr zeigt als Äußerlichkeiten, einen weniger biederen Text. Das geht nur dann, wenn man nicht *über* etwas schreibt, sondern *mit* etwas und aus sich selbst heraus. Dann wird es mein Buch sein, in dem dann aber auch Ihre Geschichte und die des Dichters zu meiner Geschichte mit Ihnen beiden werden wird. Damit haben Sie also nichts mehr zu tun.«

Ich steckte den Brief in einen Umschlag, schrieb die Adresse der Malerin darauf, klebte ihn zu, doch dann zerriss ich ihn in einem plötzlichen Impuls und womöglich animiert durch die Wölfe in kleine Schnipsel, die ich in den Papierkorb rieseln ließ. Der Nordost, »der Liebste unter den Winden mir«, der den Schnee gegen das Hotelzimmerfenster blies, trieb auch das Schiff des Dichters gnädig davon, seiner Südseeinsel entgegen, so dass es bald nicht mehr zu sehen war. Wir waren quitt, die Malerin und ich. Ich musste nichts erklären. Ich klappte das Notebook auf und begann eine lange Mail an die geliebte A., über alles, was hinter mir und was vor uns lag.

ICH DANKE
allen, die mit mir unterwegs gewesen sind.
Gunnar Cynybulk für Idee, Ermutigung und Lektorat.
Ohne ihn wäre dieses Buch niemals entstanden.
Den ersten Lesern Stefan Reinecke, Peter Filz und
Balthasar Haußmann für ihre Anregungen.
Meinem Verleger Tom Kraushaar und dem Verlag Klett-Cotta für Unterstützung und das nötige Vertrauen
und allen Verlagsmitarbeiterinnen und -mitarbeitern für ihren Einsatz.